瘾的世纪

A CENTURY OF ADDICTION

YAN FENG

严锋 著

上海人民出版社

目录

飞翔的癖好

一

从小到大，我迷恋过很多东西。最早的奶嘴就不去说它了。八岁的时候迷上了制造飞机，当然是模型的。那时候，我随被打倒的父亲流放到他故乡农村里的一个小砖瓦厂，他的工作是铲煤，生活非常艰难，可是省下来的一点点钱，都会到镇上的新华书店去买书。那个年代的书绝大多数是政治挂帅的，非常乏味，但是一本叫作《少年航空模型制作》的儿童读物却让我铭心刻骨，永生难忘。

想想看吧，在一个连饭都吃不大饱的时代，没有电视，没有芭比娃娃，没有乐高积木，没有变形金刚。一个八岁的小孩突然看到了好多种飞机的图纸、弹射滑翔机、牵引滑翔机、橡筋动力机，图纸旁边还有详细的制作介绍，如何切割打磨装配，你说这个小孩怎么可能不痴迷呢？可怜我连猜带蒙，把那书似懂非懂地看了一遍又一遍，等到差不多快翻烂了的时候，就下决心无论如何要造一只自己的飞机到天上去飞了。

虽然是造模型飞机，可是对穷孩子来说谈何容易。好在父亲所在的小砖瓦厂有个机修车间，地上可以很容易拣到锯条和刀片，父亲又带我去电工师傅那里讨了砂皮和胶水。父亲还给我提供了材料：家里的床是用几条木板拼起来的，父亲就把最外面的一条木板拆下来，帮我初步地切割成大致的形状。接下来的精细加工，可就是我自己的事啦。

三十多年过去了，至今我仍然清晰地记得造飞机时的每一道工序，每一个零件，每一次心跳。我把一根根竹丝放在煤油灯上烘烤，然后弯曲成机翼的形状，沾上翼肋，糊上蒙皮。我曾经花了整整一个星期，用一把小刀把一根长方形的木料细细地刻成螺旋桨的形状。眼看着粗糙的木料在自己的手中一点一点发生变化，眼看着图纸和想象中的飞机慢慢地成形，那种成就感真是无与伦比。差不多有一年的时间，我把书上的所有飞机模型全部做了一遍。父亲是反革命的戴罪之身，我们住在一间黑乎乎既漏风又漏雨的草棚泥屋，可是当我们在灯下动手做模型飞机的时候，无边的快乐就像水一样地把我们浸透。

这就是所谓中毒的开始吧。从飞机出发，我陆续迷上了收音机制作、望远镜制作，长大以后又迷电子音乐、发烧音响、计算机游戏，真是沉溺其中，不能自拔，有的时候简直可以说是烧得昏天黑地，忘乎所以，被朋友和同行视为玩物丧志的超级大玩家。其中的甘苦，也只有在遇上真正同道之人的时候，才会一吐为快。现在我人生已经差不多是半途了，回头审视检点自己的发烧之道，突然悟到：父亲给我买回来《少年航空模型制作》的那个下午，就是我的万痴之源。那就是我发烧的原初场景，一切都在这一刻被注定，后来的道路只不过是展开和变奏而已。

这么说吧，那天父亲给我买的书是关于飞行的，于是我的癖好注定要去飞翔。后来父亲平反了，补发了工资，也曾带我去百货店玩具柜，可是我看着那些汽车、轮船，甚至是飞机，真是一点兴趣也没有，因为它们都只能在地上爬。而我自己做的飞机，无论多丑陋简单，是真正属于天空的。曾经沧海难为水啊。这是不是一种对现实环境的反弹呢？在那些流放的日子里，父亲与我茕茕孑立，形影相吊，我们真的好像是小小的蜗牛，在地上艰难地爬行，那些简陋的模型飞机，寄托的就是我们飞行的梦想，破壁的希望。

二

很多年以后，我迷上了计算机游戏。其时我已年届三十，正在刻苦攻读博士学位，竟然会沉迷于这等小儿的把戏，其中奥妙何在？一开始我是想用计算机来进行作曲实验，我带上一生的积蓄，坐火车南下广州，在一个河边的小巷子里找到一家计算机商店，花 1500 块钱买了一块声卡（当时我一个月的工资是 100 元）。店里有个很善相的中年胖子正在起劲地往计算机上装什么软件，等我要离开的时候，那个软件也正好装完，开始运行，我的两脚也就再也挪不动啦。屏幕上出现了无比壮丽的太空，镜头切入一只巨大的飞船内部，两个气度非凡、衣着华贵、浑身长毛的猫脸外星生物正在谈论人类的命运，显然他们正与人类处在交战状态。两个外星大佬（我后来才知道那是基拉西皇帝和他的皇孙）谈论人类的口气很是不屑，可是说到一个叫“虎之心”的人类飞行员（我后来才知道，那就是我！）的时候，突然变作敬畏的语气。可是他们突然又放心了，因为根据情报，那个“虎之心”已经被愚蠢的人类军方解除了职务。然后就是惊天动地的太空战斗，炮火连天，弹痕满舱，通讯耳机中各种喧嚣不断，有上级的命令，僚机的警示，同伴的呼救，敌人的挑衅，更有双方含恨死去的哀鸣。可怜我一辈子也没见过这么华美而又惊心动魄的场面，只有站在那儿发呆的份儿。

飞船？这可是飞机的升级版本！我有选择吗？我儿时的飞翔之梦就这么又接着在计算机的虚拟世界里做下去了，而且是以更加“成熟”、更加刺激、更加华丽的高科技形式。我的生活开始出现了如下模式：

听说国外有一个新鲜热辣的游戏出炉了。

不顾一切地搞到这个游戏。

玩这个游戏。

再玩这个游戏，或

寻找新的游戏。

好玩的游戏总会一代一代地做下去，那么我们也会一代一代地玩下去。就拿《银河飞将》来说，一代比一代精彩。渴盼下一代《银河飞将》的出现，已经变成了我生活中的一个重大的期待。我还清楚记得当年得知一个朋友从香港带回来《银河飞将 3》时的狂喜心情。我从第一天晚上玩起，一直玩到第三天的下午，终于单枪匹马战胜了强大的基拉西帝国。我万分留恋地从游戏里出来，两腿松软地走出宿舍门，心还留在那遥远的外层空间。我两眼模糊而又漠然地朝四周看看，感觉周围的一切竟是如此陌生，连太阳的颜色也和以前大不一般。这也难怪，刚刚从浩瀚的银河和遥远的未来拯救人类归来，对身边卑琐庸鄙的芸芸众生当然不会觉得有趣。

三

再回到从前。自制收音机也是一种飞翔的企图，而且也是一种更大的企图，不过这回乘的是无形的电波，想要穿越的是更遥远的距离了。事情是从有个同学给我看一本《矿石收音机》开始的，里面讲到中药店里买一种叫作“自然铜”的药材，用一根细针顶住，一头接一根天线，另一头接耳机，就可以听到远方电台的广播。天下竟有这等神奇之事？天线在铁叉子上绕两圈就可以了。“自然铜”用几块水果糖的价钱就可以买到。困难的是耳机，我们那个偏僻的乡下哪里有哇。好不容易打听到有个同学有一只破了的旧耳机，我毫不犹豫地把自己所有的宝贝都掏出来，终于把它换回来。我的第一只矿石机不太成功，声音轻得像蚊子一样，可是我第一次听到的时候，还是激动得浑身发抖：这是从天上传过来的声音啊。其实即使是用今天的眼光来看，当年的矿石机的声音也是极端 HIFI 的，因为不用电源，没有放大，失真度比今天最高级的音响都要小。

过两年，我父亲平反恢复名誉，我们回到城里，经济条件有所好转，我陆续添置了万用电表、电烙铁和各种电子元器件。我从单管来复再生机、双管机，一直做到七管超外差收音机，那个阶段我整个人生所追求的目标是：怎样把声音弄得更响。

成年以后，迷上音乐的同时，我可以说毫无悬念地迷上了 HIFI 音响。我也结识了一些音响发烧友，非常惊奇地发现这些发烧友几乎毫无例外都是小时候从“矿石机”起步，然后是单管机、双管机一路做上来，最后陷入 HIFI 的泥潭。我们这些人，只要一说起 2AP9、啸叫、推挽输出这些古旧的术语，就会呼吸变粗，眼睛闪闪发亮，仿佛是对上了黑社会里的江湖切口，终于找到了失散多年的同志。按理说 HIFI 是全世界共有的热潮，比如大名鼎鼎的李欧梵先生就是一位发烧友。但是我们中国大陆的 HIFI 客都有如此共同的前 HIFI 的土烧经验，这就是普遍性中的特殊性了。或者说，可不可以算是全球化中的地区性差异？我们当年迷恋矿石机，正是精神和物质都极度贫瘠的年代，很多地方都像极了中世纪。可就在那种闭关锁国的形势下，一群群的孩子，用他们省下来的硬币，捧回来一块块的“矿石”，在晾衣服的架子上装起天线，痴迷地捕捉着来自天空的一波波微弱的信息。你也可以说这是贪玩，也可以说这是 HIFI 的萌芽，也可以说这是知识探究的本能，但我更愿意说那是一种对飞翔的永恒的渴望。

四

继续回到从前。如果说矿石机是声音的飞行的话，望远镜算不算眼睛的飞行？最早的时候，我用马粪纸卷在家里的擀面杖上面，涂上自制的胶水，外面再贴上几层白纸，内壁用墨汁涂黑，这就是镜筒了。镜筒的前端嵌上一个 200 度的老花镜片，算是物镜。后面再套一只小一点的“胃舒平”的圆盒子，装上一只焦距一厘米的目镜（该目镜是扬州某军工厂的一个工人慷慨送给我的，原用于国产坦克潜望镜），一只 50 倍的天文望远镜就做成了。

望远镜这样的东西，有了一只就会想要第二只，有了小的就会想要大的。我很快就对镜中的图像不满足了。要看得更远、更亮、更清楚，就需要更大的口径，更好的消色差功能。我从小到现在，自己制作和购买的望远镜，加起来要超过十只，其中 Megrez 102 短焦折射镜是前年趁开会之机，从台湾扛回大陆的。中国业余天文学界自制望远镜的人当中，最大口径（50 厘米）的纪录保持者是北京一位叫佟连荣的老先生，六十多岁的退休工人，月收入仅一千多元。老先生烟酒不沾，所有的钱都用来做望远镜。他的 50 厘米望远镜重六百公斤，光是镜片就手工磨了一年多，用掉十公斤的金刚砂。佟先生自费在京南永定河废弃河道旁租了一块地，搭建了一个简易观测室，好不容易为自己的巨炮找了一个安身的地方。却不料当地修建高尔夫球场，连招呼都没有和他打一声，就把他的观测室推平了。

小时候看过一部名叫《海鸥乔纳森》的小说，讲一只海鸥，特别热爱飞行，一天到晚在思考和练习怎样才能飞得更高，更快，更远。他对飞行太入迷了，以至于对觅食和休息失去了兴趣，周围其他海鸥都嘲笑和鄙视他，甚至把他逐出了鸥群。这本书在当年是作为反面教材和批判材料出版的，因为“鼓吹了资产阶级反动的个人主义”。不过，我估计当时的读者一定是从反面的反面来读它。就我个人而言，读这本书是一种绝对的震撼，我真是太喜欢那只又可怜又骄傲的小海鸥了。他瘦得皮包骨头，可是飞行的技巧越来越高，速度越来越快，最后快得犹如闪电一般，可以随心所欲地飞到他想去的任何地方。

这可真有点像我和我的那些志同道合的朋友们：我们的音响越来越HIFI，我们的3D卡速度越来越快，我们的望远镜口径越来越大，我们的钱包越来越干瘪。海鸥乔纳森就是我，就是我的发烧友们吗？我们会像乔纳森那样，飞出自由，飞入永恒吗？我只知道，这答案将永远命中注定了要和我们一道去飞翔。

瘾的世纪

曾经看到一则发生在四川的惨烈新闻。丈夫网瘾难戒，向妻子写保证书，坚决不上网。结果不到一个月又故态复萌。妻子忍无可忍，拔刀把丈夫握着鼠标的手齐腕砍下。

上瘾正越来越成为我们这个时代的典型症状，愈演愈烈，而且花样也愈来愈多。与此同时，脑科学研究进展神速，人们对上瘾这个问题的认识也越来越深入。有一句古希腊的名言，叫做“认识你自己”。从前我们想要认识自己多半靠哲学，如今的手段可就越来越丰富多彩了。说真的，到了21世纪，如果对大脑化学机制懵然无知，却还在那里奢谈什么“自我”、“主体”之类的概念的话，那简直比隔靴搔痒还要糟糕。

至于我，特别关心这个问题纯粹出于非常个人的原因。因为我是一个意志薄弱的人，我不可救药地迷恋各种玩意儿。

模型飞机、收音机制作、望远镜制作、电子音乐、发烧音响、计算机游戏……真是沉溺其中，不能自拔，有的时候简直可以说是烧得昏天黑地，忘乎所以，倾家荡产，被朋友和同行视为彻头彻尾的玩物丧志派。

我为此不断自卑自责。我也曾像马三立在《十点钟开始》里面那样，一次次地发誓要从今天十点钟开始，斩断一切妨碍工作的嗜好，揭开我生命的最新一页。结果呢？这些十点钟永远不是在现在，而是在将来不知道哪一天。

但是，在看了一些有关上瘾的文章之后，我不那么沮丧了。原来并非我比别人意志薄弱，不能自已，也不是我放松了对自己的思想改造，觉悟太低，而是我的基因有先天弱点。请看：科学家把大鼠放在能够获得相同剂量的可卡因和条件完全相同的生活环境中，实验开始两个月后，只有 17% 的大鼠逐渐对可卡因上瘾。这个现象用最白的话来说就叫“苍蝇不叮无缝的蛋”。真是这样的话，那就怪不得我啦，怪也没用。

且慢，光是蛋有缝也不够。先天结构或因素如果不通过后天环境的激发，还是不会表现出来。通过动物实验，科学家已经对环境和基因之间的相互作用作出精确的分析。他们发现，原本对安非他命毫无兴趣的大鼠（安非他命对大鼠不会产生任何明显的效果），在挨了十几天饿之后开始对安非他命迷恋起来。从洁身自好到自甘堕落，鼠犹如此，人何以堪？长期处于紧张环境会导致人们依赖各种上瘾物质，以承受紧张环境所造成的神经递质分泌失衡。

就拿流行的电脑迷恋症来说吧。研究表明，成年人的电脑迷恋症同他们个人的问题有关，工作中遇到挫折，压力太大，职务升迁困难，生活不如意，这些都可能成为促使成年人转向电脑幻想世界寻找安慰和刺激的原因。糟糕的是，一旦他们身上出现电脑迷恋症，那些现实的问题会变得更严重，这是一个恶性循环的过程。

还有一个更深厚的原因。精神病学家认为导致上瘾的除了生物学乃至遗传学方面的因素之外，还有心理学方面的因素，特别是孩提时代的心理创伤。我生长在“文革”年代，七岁丧母，父亲被打成反革命，我被寄养在亲戚家……没什么好说的，每一条能够上瘾的动因都对上了。但是话说到这份上，恐怕已经不是我的个案了。最新的研究告诉我们上瘾面前人人不平等。但是谁能够真正觉得自己会幸免呢？

赌博、无节制上网、购物迷、工作狂、超女、刘德华……专家一致认为非毒品上瘾者的数量正在不断增加。《时代周刊》说美国有1870万人有酒精依赖，360万人有毒品依赖，7150万人有烟瘾，400万人吃喝无度，200万人是病态的赌徒，还有1600万人过度迷恋性生活而不能自拔。

但是说到底，什么东西不是瘾呢？读书会上瘾，炒股会上瘾，搓麻会上瘾，老虎机会上瘾，广场舞会上瘾，刷微博会上瘾，淘宝会上瘾，爱情会上瘾……再说得透彻一点，我们对生命的无限热爱，难道不是一种终极的、无可救药的瘾吗？

流量与迷狂

本月，成都某商场，一名男子在购完物后，突然从五楼翻出栏杆，纵身跳落而亡。死者留下遗书，讲述轻生的原因，他在某论坛当版主，所管辖的版块在线人数未能达到站长要求，在网上与站长发生了激烈争执，他写道：我真的已经尽力了，但愿我的死，可以给论坛增加流量。

自杀的事情，一直在发生，可是从来没有一起自杀理由如此荒谬，又如此可以理解，还触动我的神经。所有在虚拟社区里滚过泡过的人，你们看到这样的消息，在哀伤或大笑之外，是否会有一种似曾相识甚至兔死狐悲的感觉？这种荒诞派戏剧式的死亡，是否已经成为某种普遍的生活方式的极端性的象征？

发帖，回帖，灌水，删帖，红脸，绿脸，精华，置顶……是什么样的机制让这些简单而又重复性的活动把庞大的人群死死套牢？上述自杀男子的母亲说，其子在成为版主后，就一天到晚泡在网上，一个人常坐在电脑前面傻笑，也开始不与家里人一起吃饭，饿了就吃泡面，澡都懒得去洗。显然，这是一种迷狂。什么样的人会陷入迷狂？读一下柏拉图的《理想国》，也许会给我们提供一条思路。崇尚理性的柏拉图鄙视文艺，认为写作就是神灵附体，迷狂是诗人的专利，艺术家进入到创作活动之后就没有什么理性可言了。再看看我们的论坛、社区、博客，每一次的发帖，不也是一种创作吗？这是一个普通读者全面升级为作者（或网络作家）的时代。至于版主，那简直就是作家们的领导（作协？），其乐更是无穷。不过，大家在爽过之后，大概很少去想一想柏拉图的警告，当作家可是要付出代价的哦。全民作家化更是柏拉图连想都不敢想的一幅迷幻图景。

如果读者都摇身变成某种意义上的作家，那真正的作家会不会逐渐变得没有饭吃呢？很难说啊。不少传统作家早已意识到问题的严重性，纷纷转战网络，建网页，开博客，搞网聊，在与网民互动方面大费心力，这也是一种危机感的表现吧。

某著名美女作家最近在她的博客中搞了一个有奖活动，宣布在特定时间内，沙发次数最多的前三名网友将获得2500元奖金，并与美女作家：一，共进一次下午茶；二，一次晚餐；三，同赴一场歌剧（或古典音乐会）；四，同访一禅寺。

按一般比较庸俗的想法，以该作家的人气和知名度，如此大动干戈，实在有用力过猛之嫌。但是我研究网络文化已逾十年，研究文学更是超过二十年，还是能看出这里面泄露的网络与文学的双重兴奋，和双重无奈。在上个世纪 90 年代末，是网络走向文学，在今天，是文学走向网络。

于是我们也就不难理解为什么今天的文坛越来越网络化，越来越具有我们在网络上最常见的那些手法。最近新老文人们的博客口水飞溅，硝烟四起，争论的内容且不去说它，风格是非常网络的，可以视为文学向网络学习的典型案例。博客是我们时代的一个怪物，说老实话，我对它一直觉得很困惑。它到底是私人的呢？还是公众的？如果把它对应于传统的日记，那当然应该是隐秘而个人化的，但是一旦负载于网络这个最为大众化的媒体，它又立刻暴露在大量的目光之下。私人的写作和公众的写作本来是两股道上跑的车，如今可是开到一块儿了，你说能不撞车吗，能不擦出火花（flame war）吗？

聪明的作家，在危机当中看到了契机，他们充分利用网络上私人与公众空间界线的含混不清，重新打造自己的明星身份，在公众面前说着私人的话语，在私人的领地进行公开或半公开的表演，有的欲遮还露，欲说还休，时不时地抛点心情和隐私给自己的粉丝，满足一下他们的窥视欲。有的则干脆大放粗口，以网络式的非理性的宣泄来迎合网络上的非理性的需求。

这是一种狂欢化的语言和行为艺术，在“即时”、“互动”、“交流”、“个人化”这些美妙词汇的包裹下面，是流量、点击率、曝光率这些时代的核心语码，以及围绕着这些语码的焦虑和烦躁，或者说迷狂。

我的电子阅读生涯

1. 阅读的异化

1991 年 10 月的一天，我用一只巨大的草绿色军用背囊把一台 286 电脑从南京背回了上海。那年头，上海在很多领域非常落后，我跑遍整个上海，没有一个销售人员听说过家用电脑这一说法。我的电脑配置如下：1M 内存，两个 1.2M 的软驱，无硬盘，黑白显示器，速度是 12MHZ。

这种配置用今天的眼光来看当然是太原始了，可是在当年的复旦南区简直是件了不得的宝贝，来参观的人络绎不绝。我甚至还作了个规定：所有想上机动动手脚的人必须先去盥洗室把手洗干净。

我买电脑的主要动机，是想用电脑来搞作曲实验和写作，但是事情接下去就变得失控，严肃的动机迅速蜕变为游戏的冲动。复旦研究生宿舍史上第一台个人电脑也就成为校园普及游戏文化的先锋。今天的年轻人恐怕很难想象当年我们玩游戏时那种偷吃禁果般的快乐。但是痛苦也是巨大的。最大的痛苦是：吃了上顿没下顿，不要说没有正版，连盗版都没有。这种短缺经济又反过来极大地刺激了我对游戏的渴望。

当时，最主要的渠道是交换。为了换到自己想玩的游戏，我近的地方去过杭州，远的地方去过广州，与五花八门的人打过交道。当然更多地还是通过邮寄。有一回，我收到一只包裹，激动地打开，迫不及待塞进软驱，在 DOS 下运行主程序，出来菜单。咦，这算哪门子的游戏啊，这是……杂志！

痛苦啊，播种龙种，收获跳蚤。那就姑且看下去吧。这一看不得了，底下发生的事情只能用峰回路转来形容，我的人生轨迹也就因此而悄悄地发生改变。这个以软盘形式传播的杂志，刊名叫 *Game Bytes*，是史上第一份以电脑游戏为内容的电子杂志，内容包括游戏业内的小道消息，精彩游戏预览，评测，攻略，截图，信息丰富，文字生动，读来令人极为过瘾。界面呢，就是 DOS 时代最朴素的蓝底白字，分辨率只有 320×240，可这又有什么关系呢？*Game Bytes* 不但极大地缓解了我对游戏的渴望，而且更进一步，把我在数码时代的操作性和身体性的游戏冲动重新转化为传统的阅读行为，以一种数码的方式！

几乎在同一时间，美国鼎鼎大名的科幻作家威廉·吉布森发表了一首名为 *Agripa* 的长诗，纪念他死去的父亲。这首诗的开头是这样的：

我迟疑地
解开
把这书绑订的丝结。

一本黑色的书：
AGRIPPA 牌相册
可以添购额外的册页

柯达出品
黑色的纸张
犹如被时光焚黑

与 *Game Bytes* 相似的是，该诗以 3 英寸软盘的载体发行，当诗行卷过电脑屏幕，一个特殊的程序就设定它自行销毁，不可倒回去阅读，犹如生命之不可逆。

但是，有好事的电脑高手用解密的手段，把自行解体的诗行重新恢复，并公之于网络。在数码世界里，起死回生的事情，是经常发生的。

十多年后，亚马逊（Amazon）总裁贝佐斯从这个后现代的诗歌行为艺术中看到了商机，声称将推出有阅读期限的图书，过期无法阅读。

1995 年，我成为上海电信的首批互联网用户之一。我用前谷歌（Google）时代最伟大的搜索引擎 Altavista 找到了 *Game Bytes* 的大本营，把它所有的过刊都载了下来。慢慢地，我不玩游戏了，但是对游戏的热爱如故，也就是说，我从一个游戏玩家，蜕变为一个游戏杂志爱好者。这也是一种相当普遍的人类行为吧，俗称异化。

所有在 DOS 时代曾经浴血奋战的同志，可以借这份免费和永生的极品杂志，温故一下自己的记忆。

2. 新的书香

那个年代，要玩游戏，对软硬件没有点知识是不行的。慢慢地我也就被身边的人称为“电脑专家”，甚至还获得一个“复旦大学人文学院电脑中心主任”的头衔。1997 年，杨福家校长指派我到挪威奥斯陆大学，跟随何莫铘（Chritoph Harbsmeier）教授学习信息处理技术。何先生学富五车，诙谐豪迈，是挪威皇家学院的院士，李约瑟的好友。李约瑟委托他撰写《中国科学技术史》的语言逻辑分卷，我去的时候，该卷已经完稿，何先生正为来不及校对而发愁。我也就当仁不让，承担了部分校对工作。

有一天，何先生拎了一袋软盘来到我的房间，愁眉苦脸地说，你看，我们大学花了几千块钱从中国买了一套全唐诗全文数据库，可是买来了根本就不能用，你能不能想想办法。我打开一看，这个数据库就是用 DOS 的 BACKUP 命令打包分卷备份的，用 RESTORE 命令就行了。何先生兴奋得像小孩子一样欢呼雀跃，从此他也不叫我名字了，直接称呼“大恩人”。这也是我第一次接触到可以全文检索的文献数据库，震撼于其功能之强大。我是一个唐诗的热爱者，我曾经在 1978 年 5 月 1 日在南通和平桥新华书店外面彻夜不眠排一个购书的长龙，第二天清晨买到的寥寥几本书中就有人文版的《唐诗选》。但是，过了二十年，面对 320×240 分辨率，黑白界面，以检索条目呈现的唐诗，我彻底倒了胃口，完全没有阅读的兴趣。同样是极为粗糙的界面，*Game Bytes* 给我带来的是阅读的狂喜，而唐诗数据库给我带来的是震惊和沮丧，为什么？

但就在同一年，回国以后，我买到一张叫作“中国古代文学宝库”的光盘，感觉又大不一样了。这张光盘包含了四大古典名著、三言二拍以及全唐诗。这个 Windows 下的全唐诗与何先生那个DOS下的全唐诗比起来，完全是鸟枪换炮，不可同日而语。“中国古代文学宝库”做得非常漂亮。不仅上升到640×480全彩的分辨率，而且里面的书页可以选山水画作背景，上下两端各有卷轴，文字在中间，你可以选择让文字自动地慢慢地向上卷动，仿佛一幅字画在慢慢地展开，再配上几十首美妙动人的中国古乐，那意境比市面上买到的书强多了。文字的字体、大小和间距可以根据你自己的窗口平台任意调节，如果是老花眼的人，可以把里面的字体放大到核桃那般大小。毛主席当年如果有这样的软件，恐怕就不用专门为他开一家印刷厂了。我最喜欢选用三号的行草字体，配上“春江花月夜”的音乐，看《春江花月夜》慢慢地向上升起。遇到任何一个不懂的字，用鼠标点一下，就可以看到权威的解释，听到标准的读音。你见到过这样的书吗？这已经不是书了，这是艺术。读这样的作品是一种真正的享受。你会感觉到，新的“书香”正在产生。何必一定要死守住已经严重破坏生态、大量消耗能源、污染极其严重、又贵得太不像话的纸质书呢？

我曾经瞎想过，如果秦始皇的时候就有网络和电子书，焚书坑儒是更容易呢？还是更困难？这个问题打破了头也想不清楚。想当年儒生为逃秦火，还要把笨重的竹简藏在墙壁的夹缝里什么的，又吃力又危险。如果是做成电子书的话可以用一张光盘来轻松搞定，可以放在自己硬盘的一个隐藏目录里，可以藏在网上的免费信箱里，还可以寄放在公共的FTP站点。可如果那时候大家读的都是电子书而不是竹简的话，秦始皇大可以命令他的电脑专家做一个超级病毒，让所有的电脑统统瘫痪。如果这样做还不能让中国文化断子绝孙的话，他可以干脆命令把电厂关了，让大家一了百了。

几乎在同一时间，美国NuvoMedia公司推出“火箭书”（Rocket Ebook），这是世界上最早的专业电子书阅读器之一。它重0.6公斤，大小与普通平装书相仿，用户可以将在网上购买的电子书下载到电脑上，再导入“火箭书”，一共可装载约4000页的图书，售价为200美元。NuvoMedia于2001年被Gemstar公司收购，但是到了2003年，Gemstar即宣告倒闭，中止其电子书阅读设备以及电子书内容的销售业务。失败原因：除了早期阅读器分辨率较低，阅读效果较差以外，“火箭书”只能阅读独家封闭格式，书源很少。

3. **“躺着读书”**

1999年，我在日本东京大学教书。远居异国，备感寂寥。何以解忧？对我而言，惟有秋叶原电器街，当时号称世界电器之都。收入所得，一大部分投在购买各种电子器材上面。有一回看到一只巴掌大小的卡西欧电脑，爱不释手，当场拿下。这台型号为 PV-100 的掌上电脑，以今天的标准来看指标极为低下：3 寸多大的单色屏幕，120×120 的超低分辨率，1MB 内存，只能使用固化的内置程序，没有任何扩展功能。但是它有个无与伦比的优点，那就是可以装进口袋。而且在反复折腾之下，我居然发现了许多操作手册上没有标明的功能。比如说，手册上根本没有说明它可以和 PC 联机，还可以把 PC 上的文件拷贝进去，甚至可以阅读文本文件。也就是说，它可以摇身一变而成一台随身手持阅读器。

它与 *Game Bytes* 和“中国古代文学宝库”相比，有个巨大的进步，那就是可以像传统的书那样捧着读，甚至是躺着读。著名作家陈村在“榕树下”开过一个专栏，叫“躺着读书”。“捧”和“躺”，是千百年来形成的阅读的本真状态。据此类推，不能“捧”和不能“躺”的，就不是真正意义上的书。从这个角度来看许多人对坐在电脑面前阅读的反感，也就一目了然了。确实，那是腰酸背痛，头晕眼花，难以持久的。

那时候，一些早期的网上书屋已经开始出现，比较有名的如“文学城”“青少年读书网”“黄金书屋”等，各种免费资源令人眼花缭乱，对于远在异国，购买中文书不便的我，更有特殊的意义。当时下载阅读的一些作品，今天回想起来，印象深刻的，有黄永玉的《大胖子张老闷儿列传》，妙子的《林斗在1977年》，谭竹的《一生有多长》。我也记得曾经在从东京港区白金台开往文京区本乡的红线地铁上，掏出PV- 100，重温从网上下载来的王朔的《顽主》。环顾四周，日本的通勤族也大多在埋头阅读，不过他们拿的可都是再生纸的口袋书，顿时心中升起一股身怀利器、与狼共舞的豪情壮志。

多年以后，曾经和我一起坐过两年通勤地铁的这帮人终于鸟枪换炮了。他们手上开始出现索尼PRS-500电子书，还有……手机。手机小说在日本横空崛起，大行其道。2007年日本畅销书排行榜的前10名中，有5名是手机小说，每部销量都在40万册以上。用他们的说法是：手机小说救活了整个日本出版业。目前最热门的《恋空》，销量已达200万部，还将被拍成电影，国内各大出版社正在抢购这部书的版权。对此，我毫不觉得奇怪。

4. 寻找理想的平台

用 PV-100 来看书，除了随处可看、还有可以躺着看以外，就没有任何优点了。那种粗糙丑陋，不是任何一个热爱书籍的人所能忍受的。有更好的屏幕，更精美的字体，更舒适便利的操作吗？有的。早在 1993 年，苹果公司就生产了代号为“牛顿”的随身个人电子助理。今天的 PDA 上的一切功能，在“牛顿”身上一应俱全。它唯一的缺点，是太大，太贵。还有，就是问世太早。1998 年，“牛顿”黯然退世，留下一批狂热的粉丝，拥戴至今。粉丝们热爱“牛顿”的原因之一，就是它可以成为一个相当理想的电子书阅读器。5 英寸的屏幕，320×480 的分辨率，超长的待机时间（据说可以达到一个月），足以让当年的我大流口水。

但是“牛顿”实在是可遇不可求的神器，至今我也没有搞到一个。这时候，电子书的概念已经开始流行了。2000 年 3 月 14 日，号称是人类历史上第一本无纸小说的《乘子弹飞行》绕过印刷厂，直接通过网络渠道发行。这是斯蒂芬·金遭遇车祸以来出版的第一部新作。该书在第一天就以付费下载的形式销出去 40 万份，开创了出版史上空前的一项纪录，作者也因此狠狠地赚了一笔。

《乘子弹飞行》的巨大成功无疑是在已经被炒得很火的

“无纸出版”这个概念上面浇了一勺热油。当然金也是一个相当特殊的例子，他的名字实在是太有号召力了。贝佐斯说，金哪怕是在香蕉皮上写书，大家也会抢着来买。

2002 年，我在 PV-100 上写字的时候，用力过猛，液晶屏幕竟被我戳成冰裂状，迫使我升级购入一台国货精品，联想天玑 XP210。这是我第一次接触到 WINDOWS CE 系统的掌上电脑，核心是 Intel Xsale PXA250 处理器，运行频率 400Mhz，配以 64MB RAM 以及 32MB ROM，3.6 英寸 320×240 分辨率的彩色屏幕，这样的指标，就是放在今天，也是相当过得去了。XP210 全金属外壳，四角圆润，轻薄而富有质感，与全塑料的 PV-100 完全不可同日而语。我第一次把 XP210 拿在手上的时候，脑子里想到的是：我们真的崛起了。XP210 的使用也是非常便利，熟悉 Windows 的人完全不用学习，直接就能上手。它可以运行成千上万的 PPC 软件。电子书方面的软件，就有 halireader，teamone reader，mobi pocketbook，isilo，掌上书院等等。我最喜欢的是一个叫 ubook 的免费阅读软件。这是唯一一个在 PPC 上能真正彻底地更换“皮肤”的程序。其他软件的所谓“换肤”，只不过是更换颜色而已，而 ubook 可以把阅读界面改造成自己喜欢的任何形状。我想，这个 ubook 的设计者，除了是个编程高手以外，真的很懂书，很爱书。我最喜欢的，是羊皮封面的“皮肤”，左侧是乌木卷轴（是的，就像数码时代最早打动我的那个“中国古代文学宝库”中的那个虚拟的卷轴），暗黄的内页，可以看出纸张的纹理。暗黄的颜色对我很重要，因为在我最热爱图书的少年时代，图书是稀缺之物，当时我们最喜欢读的书，是那些被禁的、纸张暗黄的“毒草”。

XP210 还可以装上一个叫 comiguru 的软件，用来看漫画。我曾经一口气装上 60 本 60 年代上美版的《三国演义》小人书，可怜我小时候只从同学那里借到过其中的一本缺张少页、纸质暗黄的《李郭交兵》，多少无奈，多少渴望，多少梦想！从《李郭交兵》，到我看到《三国演义》小人书的其他分册，这中间跨过了 30 年，跨过了“文革”，跨过了模拟与数码的分界。

2003 年，我带着 XP210 来到波士顿。几乎每一个周末，朋友都要驾车带我到郊外去远足。他们喜欢带上我，不仅是因为我会做一种极香、极适合野餐的卤肉，更因为我的 XP210 可以插上 CF 口的 GPS 全球卫星定位仪，在任何时候，任何地点都不怕迷路。我喜欢秋天新罕布什尔的白山，当朋友去爬山的时候，我挑一棵又大又红的枫树，坐在树下的山石上，掏出与我小时候最热爱的小人书一般大小的 XP210，打开 comicguru，在满山的红叶中，把我小时候没有看完的《三国演义》小人书接着看下去。

5. 渐行渐远

再往下，事情就有点失控了。我不断地升级桌上电脑，笔记本电脑，掌上电脑，而升级的时候总是会很执著地想：这个东西看电子书效果怎么样？为了字体更精细，外形更时尚，我抛弃了心爱的 XP210，购入 PALM 操作系统的 ZODIAC。此机堪称电子尤物，流线型的身材，超薄的厚度，比 XP210 更有质感的暗黑金属外壳，屏幕也上升到真彩的 320×480，阅读效果已经接近传统纸质书。但是很快地，WINDOWS 阵营又推出分辨率达到 640×480 的 PDA，我也就在 2005 年的半年之内相继购入三大 PDA 厂商的旗舰产品：东芝 E800，惠普 4700，戴尔 X51V。这完全是条不归路。到了 2006 年，我又从网上购买了二手的韩国三星 NEXIO S150，一个相当另类的冷僻产品，国内少有人知，内含 CDMA 手机模块。我看中的是它的屏幕，竟有 5 英寸之大，分辨率更高达 800×480，绝对是观看电子书的理想平台。

屏幕越来越大，分辨率越来越高，界面越来越美观……但这不是唯一的方向。近年来，手机功能越来越强大，与PDA越来越合二为一，从拍照到GPS到上网，大有包揽一切，一统天下之势。比如我手头的LG KU990，3寸屏幕，400×240的分辨率，装上Anyview 3.0读书软件，阅读效果比当年的PV-100不知要强多少倍。基本上，如果是在上班高峰的时候去挤公交车，东倒西歪，一只手吊住车顶横杆的同时，突然冒出来阅读的强烈欲望的话，救急的唯有可以单手操作的KU990。如果能够有座位了，那么自然就会从另一个口袋中掏出更有感觉的戴尔X51V。到了星巴克呢，那就得有更大尺寸的牛物，比如笔记本电脑，这样与环境才显得和谐。

曾经有人预言，电脑时代是图像时代的新阶段，文字和书籍会凋零。结果呢？到了网络时代，文字铺天盖地、变本加厉地回来了。传统书籍的时代，阅读是特定空间和时间发生的行为，比如要在书房，要在图书馆，变态一点的只有在卫生间才能看得进书。到了PDA和手机时代，阅读行为变得无所不在，简直是随时随地可以进行。我相信自己一生从来没有像现在这样在读书上投入这么多的时间，但是我也从来没有像现在这样与书店和图书馆渐行渐远。

6. 书的灵魂

但是这里面有个很大的问题。

我总的阅读时间远胜以往，但一次性阅读的时间却难以长久。我的阅读越来越变成零星的、快餐性的、速食性的行为。一个根本性的原因，在于所有这些大大小小的电脑，都是使用的液晶屏幕，尽管比更早的CRT显示器要好，但还是存在不同程度的闪烁和眩光，容易引起视疲劳，也就是所谓视屏终端综合征。那么，有没有不伤眼睛，真正为长时间阅读打造的产品呢?

有的，这就是专业的电子书阅读器。目前，最流行的手持电子书阅读器越来越多采用“电子墨水”(E Ink)，这是E Ink公司上世纪90年以来开发并日趋成熟的技术。其原理听上去实在简单，所谓“墨水”者，就是无数头发丝直径的微囊。每个微囊里有带正电荷的白色微粒和带负电荷的黑色微粒，悬浮在透明的液体中。当施以正电场的时候，白色微粒游到微囊的顶部，电子纸的表面就呈白色。同时，一个相反的电场把黑色微粒拖到微囊的底部藏起来，不让我们看见。用同样的原理，也可以让黑色微粒显示，而把白色微粒隐藏。

"电子墨水"不同于一般的平板显示器，如同普通纸一样可以反射环境光，无需背光灯照亮像素，没有任何闪烁，不伤眼睛，阅读效果与真实的墨水非常相似，而且可以在不再加电的情况下保留住原先显示的图片和文字状态，极大减少能耗。

2006年，天津津科公司推出使用"电子墨水"技术的专业电子书阅读器翰林V8，其技术指标我早已了然于胸，十分满意，极为期待。可是一看到实物图片，顿时大失所望：略嫌臃肿矮胖的个头，犹如老式电视机那样厚厚的边框，更糟糕的是上下左右密密麻麻排满各种各样按钮，让人望而生畏。这个外形，说得客气一点，是平庸、繁琐和小家子气，缺乏书的感觉，激不起人阅读的渴望。

我热切关注国内的专业电子书开发商已经多年，我研究过他们的几乎所有产品，我一直渴望拥有一台给人真正书的感觉的电子阅读器，可是我一直迟迟没有下手，而是固守着一堆只能称为替代品的大大小小电脑，究其原因，一是觉得技术还不成熟，再就是几乎所有的外形设计都入不了我的眼。我觉得，几乎所有的电子阅读器制作商都不知道"书"这个东西真正是什么。他们以为书就是传播信息的工具，仅此而已。大错特错！他们不明白，书与人类千百年来培养出来的关系非同小可，至少是伴侣和导师，甚至是灵魂和图腾。在一个廉价的塑料框子上嵌块劣质、伤眼的显示屏，给人带来的，只能是巨大的沮丧、挫折和厌恶感。在下班后的地铁上，也许能用邮票大的手机屏幕打发一下时间。但是在浴后、在音乐间、在躺椅上、在微风里，我们需要一些更优雅、更美好的东西。恳切希望厂商们明白，在做“书”的时候，在技术已经腾飞的时候，美学、品位和风格真的比什么都重要。

国外的厂商也好不到哪里去，比如2007年底亚马逊爆炸性推出的Kindle，迅速成为美国各大媒体的封面故事，被认为是跨越式的产品，亚马逊老板贝佐斯也踌躇满志，要在模拟时代最顽固的堡垒——图书领域——干一场相当于IPOD在音乐领域那样的革命。Kindle功能极为彪悍，使用也非常便利，其最大优势，在于依靠亚马逊雄厚的图书资源，绝不会出现其他电子书平台上缺少内容的尴尬局面。Kindle发布时同期推出90000部图书，其中包括《纽约时报》畅销书榜中的绝大多数作品。Kindle的另一优势，在于它采用了先进的无线技术，不需要借助互联网和Wifi即可保永远在线，无需电脑即可随时随地下载图书。但是，我们这些纸质书和电子书长期的死忠，一看到Kindle的实物照片，都忍不住哈哈大笑，既为电子书失望，又替纸质书庆幸。

贝佐斯不懂书？全世界恐怕没有人敢这么说。但是他可能太爱书，也太懂书了，又走到了另一个极端。比如说，他的电子书要长得像传统书，所以成心让 Kindle 做出厚厚的书脊的模样，但这又完全违背了电子时代轻薄便携的美学标准。这里面有个悖论：数码时代的电子书，要让人有传统书的感觉，但是又不能照搬传统书的外形。也就是说，要神似，而不能形似。谁掌握此中的真谛，谁才能真正拥有电子书的未来。

就在对 Kindle 失望的同时，我漫长的等待终于有了回报。2007 年底，津科在连续推出外形与 V8 差不多的 V6 和 V2 之后，终于出了一个改头换面的产品：V3。屏幕还是 6 英寸的尺寸，800×600 的分辨率，但是边框变窄变细，按钮大大减少（与 Kindle 的发展方向完全相反），采用黑色磨砂面板，风格简约时尚。虽说功能比起前面的产品大大缩水，可真的让我眼睛发亮，二话没说，立刻上淘宝买了一台。买来的第二天，我就把 V3 拿到著名作家孙甘露那里去炫耀。甘露当然是传统图书最忠实的热爱者，他手持 V3，把玩多时，爱不释手，眼中流露出极为复杂的感情。

这将会成为一个争论的焦点：电子书是要走简约化，功能单一化的道路，还是要像 Kindle 那样，可以上网浏览博客，也可以用屏幕下面的键盘输入关键词检索，还可以在书中任意写字批注？这也涉及到贝佐斯津津乐道的下一代书，也就 Book 2.0 的概念。传统的书是稳定、单一、封闭的，而 Book 2.0 则是开放和集体性的，每一本不是作为个体存在，而是相互链接，相互指涉，读者也不是被动的阅读，而是可以相互作即时的讨论，甚至可以在第一时间把意见迅速反馈给作者。再进一步，Book 2.0 不再具有稳定的物理形态，它可以像妖怪那样变来变去，作者可以随时随地改变作品的内容，这过程当中读者可以参与进来，充当某种意义上的作者！不要说这不可能，想一想如火如荼的维基百科吧。

据说谷歌正在偷偷地把全人类所有的图书做成一个知识的终极数据库（http://books.google.com/）。贝佐斯也梦想把以往所有出版过的书都做成 Kindle 格式来卖钱，这样可以永无缺货之虞。人类会到最后只有一本书，它的名字叫 Google 吗？人类最后会只有一个书店，它的名字叫 Amazon 吗？

数字化生存之零敲牛皮糖

在世界经济不景气，书价持续上涨，传统图书市场不断萎缩的压力下，全球最大的出版集团兰登书屋正在试验一种新的图书营销计划：把书拆成单章来卖。当然这要通过数字化来实现。已推出的图书包括畅销书《持之以恒：为什么有些想法永不褪色》(http://www.randomhouse.com/madetostick)。在购书页面上，每一章节的简短介绍后面，都有一个“购买”的小按钮，单章标价 2.99 美元，原书精装版的标价是 24.95 美元。另一个著名的奥莱理出版公司，也推出了按章出售的计划，所有图书的所有章节，一律标价 3.99 美元。

图书领域出现的这种新的营销模式，当然是受到了在另一个媒体上已经发生的天翻地覆的革命的影响，那就是苹果公司的 IPOD 播放器和 ITUNE 网络音乐商店对传统 CD 的扫荡。2007 年美国 CD、磁带和密纹唱片的销售比上一年下降 15%，但同期的数字音乐下载业务暴涨 45%。而 ITUNE 最主要的音乐销售单位，从一开始就不是传统的整张 CD，而是单曲。相对于音乐发行的巨变而言，图书市场的变动是缓慢而保守的，可是明眼人都看得出来，最终谁也逃不了出版数字化的洗礼，为什么不试着分享一下姊妹媒体的战果呢?

说图书正在努力跟上音乐的脚步，恐怕也并不尽然。毕竟活字印刷已有上千年的历史，而音乐发行问世总共不过百年。就说这个按章拆卖吧，其实也不是什么新把戏。早在16世纪，英国就出现了所谓的“小书”（chapbook，董桥译为小本故事书）。小书是面向普通老百姓推出的，页码从8~24不等，定价2~6个便士，而当时一个英国农民的一天的收入约为12便士。

把小书市场发挥到登峰造极地步的是狄更斯，这位伟大的现实主义作家更是一个商业运作的天才。他的几乎每一本书都被拆成20章零卖，写好一章，出版一章，拿到一章的稿费，再接着写下一章。当然，在每一章的最后他都会设一个悬念（cliffhanger），保证读者按捺不住要买他的下一章。今天，起点网的孩子们把这叫“坑”。全部20章都出版以后，狄更斯有一个后续方案，那就是以一定的折扣，从读者那里把前面卖给他们的每一章都收回，然后装订成平装版的整书再卖给他们。今天的平装书这个概念，就是狄更斯发明的。这还没完，对于那些忠实的粉丝，狄更斯还有一个回报的方案，那就是过两年把平装书也赎回，装订一个精装的封面，再卖回给这些冤大头。

狄更斯是那个时代最大的畅销书作家，一生靠他的作品赚了 6500 万美元。他的作品在伦敦和美国各大城市同步发行。《老古玩店》的最后一章随英国邮轮来到巴尔的摩的那一天，无数狄粉蜂拥到码头翘首等候，在拥挤推搡之中，有数人不幸落水淹死。

一百多年过去，狄更斯的推销手法和辉煌业绩仍然是今天那些苦苦打拼的作家们艳羡和效仿的对象。1996 年，斯蒂芬·金把他的《绿里奇迹》拆散成 6 章，每章单独出版。在序言中，金声称他是以这种模式在向伟大的前辈致敬。当然他也没有忘记像前辈那样一狗数吃，最后把各章集合在一起再卖给读者。《绿里奇迹》取得了巨大的成功，并被改编成同名奥斯卡奖电影，由汤姆·汉克斯主演。

按章拆卖这种模式，在我国出版史上也早就屡见不鲜。我清晰地记得，1986 年，我到南京燕子矶旅游，在地摊上看到金庸的《笑傲江湖》被拆成 20 本零售，每本标价 2 元。当时一个普通工人一个月的收入也不过 40 元左右，如果谁贸然花一个月工资的二十分之一买了其中的第一本尝尝味道的话，估计他整个月的工资就不保了。

杂志连载小说也是整书零卖的一种变体。《明报》的崛起，在很大程度上得益于金庸武侠小说的连载。1979 年，《武林》

杂志连载金庸《射雕英雄传》，杂志销量超过百万。《玉娇龙》的连载，也使《今古传奇》这样的杂志销量创造了奇迹。即使是在今天，小说连载依然是一种常见的出版手段。2006年，科幻作家刘慈欣的《三体》在《科幻世界》杂志连载，为后续实体书的出版打造了良好的接受基础。但是在欧美，除了《滚石》等极少数杂志以外，连载小说这种现象已经很难见到。这其中折射的中外文化的变迁和差异是值得我们思索的。

不过中国的出版业目前更热衷的不是零敲碎打，而是批发式的一揽子搭卖：套装，盒装，纪念版，礼品装。既然看书的人越来越少，反正书卖出去也不是给人读的，而是给人摆的，那就在体积、包装和气派上多下功夫吧。当然我也常常见到另一种基于完全相反理由的集成式图书销售，那是在夜幕下的街头和小巷，在小贩随时准备拉走的黄鱼车上。在那里你会看到多卷本的《鬼吹灯》、《诛仙》、《昆仑》、《鲁迅作品集》被奇妙地压缩成单本来历不明的极厚的超级大书。

看来出版上的情形，比音乐发行要复杂得多。是零卖，还是批发；是整装，还是单售，不能一概而论。要考虑到书籍这个传统信息媒体的特点，要考虑到书籍这个媒体在数码化时代的转型，也要考虑到这个媒体在不同文化中的不同表现。就拿黄鱼车上的集成版《鬼吹灯》来说，它的前身是以数码载体的形式，首发于网络上，一章章地连载，与狄更斯当年的出版形式没有什么本质性的区别，挖“坑”是他们招揽回头客的共同手法。但是数字化的媒体仿佛是为连载零卖而生，在这方面有着与生俱来的优势。起点网随之探索出一条更为有效的连载模式，那就是免费阅读。读者几乎可以免费读到所有作品的所有内容，除了最新的章节！事实上，你要想读最新的章节，代价也非常小。1 元钱可以在起点网购买 100 点，而这 100 点足够你读很久。不要小看这 1 元钱的蝇头小利，起点网的用户号称 3000 万，足够把微利放大成暴利。

这样的出版模式，当然会对书籍本身的内容产生深远的影响。E.M. 福斯特在《小说面面观》中认为狄更斯小说中充斥着“扁平人物”，就是夸张的、漫画式的单一性格的人物。从连载小说的角度来看，这样的扁平化是必需的，因为你不把人物的性格放大和特征化，等到读者在下一次连载的时候再遇到这个人物的时候，恐怕都已经把他忘个精光。同理，当“起点”模式遍布网络的时候，网民们不光是在小说中，甚至是在他们发的一个普通的帖子中，也要挖下一个个大大小小的“坑”。

有不少人恐怕会因此产生人心不古，精致艺术难以为继的悲叹。但是事情也有其另一面，且不说狄更斯是古今罕见的杰出小说家，所谓“扁平人物”，在福斯特那里也并不是一个贬义词。斯蒂芬·金谈到他对连载小说这种古老出版形式重新产生兴趣，并非出于商业上的动机，而是看到这为阅读提供了更有弹性的空间。这有点像电视剧播放的情形。美剧是分集播放的，通常每周一集，在等待下一集的间歇中，观众会热烈地讨论这一集的剧情，人物的命运，还有未来剧情的走势。这是一个许多议题持续反馈和发酵的空间，而网络新媒体恰恰为这种观众的主体性和交互性提供了巨大的便利。

再回到开头提到的兰登书屋的按章售书计划，这样的零卖，只可能借助网络媒体来实现，其灵活性固不待言。但是真正习惯在网络游荡的人，也许会提出更进一步的要求。全球最大的网络书店亚马逊，对购买其 Kindle 电子书的用户提供所有电子书籍第一章的免费阅读。再加上其他样章试读的部分，如此慷慨的免费大餐显然比兰登书屋小里小气的销售模式更加气派，更有诱惑力，也更接近我们国产的“起点”模式，虽然两家国际出版公司都远远不如我们小小的起点网大方。

图书的生产和销售正在发生深刻的变化，这种变化不是孤立的现象。在网络数码时代，不同载体的文化产品之间，既相互竞争，又相互合作，它们的生存模式之间也在进行着不断的相互比照和借鉴，成为你中有我、我中有你的文化共同体。

未来之书

几年前，iPad 刚出来的时候，我陶醉于这个声色俱全的大玩具。其中，最让我震撼的，是一本名为《元素》的电子书。此书的纸版十分经典，我在美国的书店里见过，它对世上的每一个元素都用精美的全彩跨页来呈现。回国后我一直后悔当时嫌贵没有把它买下来，但是在 iPad 上的再次邂逅，让我的遗憾变成了庆幸。

这个 iPad 版的《元素》，目录是世界上的 118 个元素，3D 的，在旋转。你点每一个元素，又会得到这个元素的全屏 3D 图，可以从各个角度观看。文字、数据、图像、视频……展现每个元素在世上的来龙去脉和表现形态，包括实时行情。这是史上最疯狂、最华丽的书，大小为 1.7G！在我个人对各种不同介质的图书追寻史上，这也是一个里程碑式的事件：一本书电子版的阅读体验，第一次毫无悬念地击败了纸版。

过了一年，在诗人王寅的微博上看到这么一条："在陆教授的 iPad 上欣赏了这款《荒原》，除了 Fiona Shaw 戏剧化的表演，还有希尼等人的视频评论，诗句还有繁复的脚注。在切换包括艾略特本人在内的不同朗读者的声音时，诗句并不中断，而是不间断地延续下去。这几乎就是一部可以分章节来观赏的纪录片和《荒原》迷你百科。”

iPad 上的《荒原》？完全没有抵抗力，立刻买了一个。这又是一个让人对纸书的未来忧心忡忡的杀手级应用。主体当然是艾略特的原诗，你可以选择干干净净地看，没有任何视觉的干扰，非常传统，非常古典。但是如果你愿意探索的话，这个“书”立刻变成了无穷无尽的意义的丛林。首先每一行诗都有详细的分析，手指点到哪里，注释就到哪里。如果这还不够，另有七位诗人学者出版家的全方位深度观点，都有视频哦。没完，这仅仅是开始，还有包括艾略特在内的六位诗人演员的朗诵，光作者本人就有两个版本。还有 Fiona Shaw 把整个诗歌舞台化的戏剧表演，还有手稿，图库……

《荒原》让我彻底记住了这个开发公司的名字：Touch Press。当我再一次看到他们出的《贝多芬第九交响曲》的时候，我介绍都没看就毫不犹豫地买下来了。怀着狂喜的期待打开来……天啦，这不能够啊，怎么能有这样的东西，这不科学！DG 四个史上最强贝 9 完全足版，弗里乔伊，卡拉扬，伯恩斯坦，加德纳。你可以即时切换，也就是上一小节卡拉扬，下一小节用伯恩斯坦接上去，毫无违和感，当然大师地下有知，会被再一次活活气死。播放同时可显示乐谱，手稿，滚筒谱，还有乐队的平面示意图和每个乐器在每一个时刻的状态。当然还有无穷无尽的解说。

不用多说了，这就是苹果应用最闪亮的时刻，也是未来图书教育软件的方向。

小玩意儿

小时候看反特电影，对狗特务当然是恨得要命，但是对特务拿来干坏事的香烟盒大小的照相机却羡慕得要命，好想搞一个来玩玩。长大以后，我们看的惊险电影换代了，特务们手上的装备也升级了，与此同时发现世界上很多人（其中有不少是好人）都特别偏好这些奇妙而实用的玩意儿。就拿邦德迷来说吧，有哪个人会不希望自己手腕上也有一只为 007 特制的超级劳莱士手表？这表会变成高速旋转的刀片，足以切开敌人致命的绳索和邦德女郎的内衣，又可以制造强大的磁场，把飞来的子弹吸住。还有《明日帝国》中的那只诺基亚手机，既是电脑多媒体终端，又能遥控操纵汽车，还能识别指纹，复制钥匙，更随时可以变成一根二万伏高压的电棒。

不要说邦德了，哪个英雄是光靠一张肉掌出来混世界的？想象一下，要是翼德缺了丈八蛇矛，子龙没了烂银枪，云长丢了青龙偃月刀，那跟拔了毛的鸡又有什么两样？英雄如此，神仙和妖怪也得靠宝贝吃饭：金箍棒，番天印，芭蕉扇，乾坤圈，风火轮……连观音娘娘怀里还老揣个净瓶呢。

我辈凡夫俗子，智力肌肉比不上邦德发达，神通没有孙悟空广大，既不好意思自称英雄好汉，神仙更是想都不用想。可是有时候也忍不住要逆向思维一下：要是我也套上一只能吸子弹的劳莱士表，手上拿着二万伏高压的手机（或金箍棒），戴副能透视和夜视的眼镜（或火眼金睛），再开上一辆能上天入地下海的宝马（或风火轮），那可保不准我也能整出点什么事来。

要是在从前，差不多的想法接近梦呓。但我们身处的难道不是一个神奇的时代？詹姆斯·邦德的宝贝早就被商家看中，做成了系列产品。比如有一款印有007标记的打火机，内置数码相机。虽说当间谍工具用有点太不打自招了，可是用来显摆还是很酷的。至于排气管中能发射地对空导弹的宝马，恐怕还要再等上几年，可是能当电脑用的诺基亚手机已经上市好几年了，我上衣口袋中就有一只。我另一只口袋中放着索尼的PDA，可以看电影、玩游戏、读电子书、接GPS全球卫星定位，精确到街道。还可以拍照片、录像，功能比当年特务的香烟壳照相机不知道要强大多少倍，体积只怕还要小上一圈。

这是各种奇技淫巧高速发展和无限蔓延的年代。科技的发展，市场的需求，与人类最古老的欲望找到了一个天衣无缝的结合点。英文中有个词，叫gadget，意思是“设计精巧的小玩意儿，小装置”。从前一个人要是沉迷在玩意儿中，多少会被看成是不太正常，至少也是玩物丧志。现在呢，这个词大红大紫，市场堂而皇之地鼓励大家多多地装备各种玩意儿，尤其是高科技的玩意儿。多功能手机、PDA、掌上游戏机、GPS、硬盘 MP3、DV、随身影院……对次世代青年来说，玩意儿实在是多多益善，越多说明你越时髦，越是跟得上时代。为了配合这个玩意儿时代的到来，美国有家名叫 ScotteVest 的公司甚至设计了一种夹克衫，它看上去同一般夹克衫没有什么两样，可里面却奥妙无穷，大大小小有 28 只口袋，足以把各种玩意一网打尽。而且口袋与口袋之间暗线密布，可以免去玩家们各种电线在外面荡来荡去的烦恼。最惊人的是，是这夹克的肩膀上各缝了两块太阳能电池板，可以为暗袋中的各种玩意儿同时供电。这夹克的价钱也颇为公道，带太阳能电池的 300 美元，不带太阳能电池的只要 100 美元。国内的商家们，你们注意到这个重要的商机了吗？

我们多么希望这些神奇的玩意儿能使我们自己也神奇起来，希望这些超人的道具也能使我们获得一种超人的力量。

这样的愿望应该被理解，这样的要求也不算太高。

事实上，高科技的玩意儿确实给我们带来了很大的便利和帮助。我把整整一部维基百科全书（60 万篇文章）拷进自己的PDA，走到哪看到哪，大有在很多方面超越牛顿、爱因斯坦和钱锺书的感觉。可是从另一方面来说，我能往，寇亦能往，好人插上了翅膀，坏人也如虎添翼。比如我信箱里经常会有一些不良广告，贩卖各种让人眼热心跳的玩意儿的：便携式一体化接收监视器，无线针孔摄像机，电话变声器，特别是有一种隐形微型无线耳机，傻瓜都明白它们能够用来干什么样的坏事。

知道曼哈顿计划的执行者给人类第一颗原子弹取的昵称是什么吗？

玩意儿（Gadget）。

激情英语

我这辈子没有什么出息，但是回想起来，从前有几件事还是能让自我安慰一下的。其中之一，我是中文系土生土长的，硕士研究生毕业的那一年，突然想挑战自己，跑到一个学院的英语系去应聘。结果，经过面试和试讲，竟然被录用了。别误会，我在那里可不是教中文，承担的课程有：英语精读，英语泛读，英语口语，全部都是用英语讲课。我教了两年，被学生评选为全系最受欢迎的老师，还得了教学先进奖。

于是常常有人来请教我学外语有什么秘诀。我仔细想想，秘诀是有的，但是要从头说起。

我成长于一个匮乏的年代，小时候我父亲在一个农村砖瓦厂接受劳动改造，我也随他一起。那时候家里没有玩具，没有电视，没有电脑，连农村有线广播到了八点半都会结束。更糟糕的是，人类有史以来的绝大部分书籍都被禁了，公开发行的出版物充满了各种语录和口号。但是我在家中发现了一叠文革前出版的《英语学习》杂志，那是我父亲不舍得处理掉，偷偷带到农村的。现在想来，这《英语学习》就是我此生与英语最早的机缘。

那个时候还没有双语宝宝，没有国际学校，小学里不教英文，我连一个字母都不认识，怎么会去读《英语学习》？这真的是饥不择食了。但另一方面，它有好多插图，有一些中英文对照的文章。更重要的是，里面有不少世界著名童话。对孩子来说，那可是当年最稀缺的宝贝。

可惜的是，这杂志中双语的文章很少，更多的是原文加注释，令人绝望。这情形近乎挑逗：美味可口的东西就在眼前，可惜手太短，够不着。情急之下，我作出了一个小孩所能作出的最大努力：硬着头皮看文章下面的注解。不是通过看注解来学语言，而是通过看注解来猜测内容，把注解本身当故事来读。大蛋糕吃不到，刮点边上的小屑屑意思一下也不无小补。也许，最初的语感，就从这里悄悄萌芽。

上中学的时候，“文革”结束了，我父亲也平反回到城市。虽然举国上下都开始重视知识和教育了，70年代末学外语的条件还是很差，我中学的外语老师，第一个是语文老师兼的，第二个是生物老师兼的，第三个是俄语老师改行的。我对英语课没有兴趣，成绩也不好，儿时刻苦“自学”《英语学习》的经历似乎也没有派上用场。但是有一件事彻底改变了这种情况。

当时下午常溜到学校图书馆帮管理员大妈抄卡片整理图

书，换得到里面教师借阅室看书的特权。有一次借出一本《中国学生英语典型错误分析》，看得津津有味。没想到这也是老师深藏的秘籍，过两天学校英语竞赛，题目全是这上面的，我拿了全校第一，士气大涨，从此学英语热情飙升。

兴趣的另外一个原因，是对文学突然产生了狂热的兴趣，转为非常渴望通过原文来领略异国文学真正的滋味。还有一个现实的原因，就是高考。偶然和必然的几个因素加在一道，使我对英语本身有近乎变态的热情。当时我每天听 5 套不同地区的外语广播讲座，对申褒青，杨小石等名师的口音和讲课风格了如指掌。阅读的胃口更大，曾经从北京二外一次性邮购了一套几十本英语阅读丛书。也就在这一时期，我重新发现了家里尘封已久的《英语学习》。突然之间，那些童话和故事变得可以理解了，小时候可望不可即的美味大蛋糕唾手可得了，虽然味道稍有些变质，这份欣喜仍然可想而知。

著名学者、英语专家陆佩弦先生谈学习英语的一段话，我深有同感。他说：“我在看这许多侦探小说的时候，绝未想到要提高英语实践水平，而只是被故事的情节所吸引，好奇心使我在未知作案人是准之前，放不下书本而已。在阅读过程中，一页上可能遇到四五个，或多至六七个生词或一时不完全理解的词组，但往往因急于阅读下去，根据上下文猜猜就算数。”记得我当时搞到一本原版的《琥珀》，据说里面有黄色描写，很想搞清楚到底黄在哪里，就拼命硬啃下去了。类似的还有原版的福莱特《针眼》。当时因为中文书太素了，译本中有点不健康的东西都删得精光，又没有苍井老师，连录像机都还没有出现，只能猛攻英语啦。

我放了学还要做家务，在路上先买了菜回到家里，洗好了开始烧。我家是煤球炉，我在炉子上方的墙上贴了许多英语单词，定期更换。我一边炒菜一边看着背单词。炉火熊熊，照亮了一个个的单词，也照亮了我对未来充满期待的小脸。今天对什么都很麻木的我，想到当时这个小小的勤快的身影，十分惭愧。

在这过程中还迷上了语法和惯用法，渐渐本末倒置，走火入魔，专门钻牛角尖。记得在1978年的《英语学习》上看到英国专家Brooks说，beautiful不能用在疑问句里，问中学老师，老师很生气。后来看狄更斯《远大前程》，里面哈薇森小姐就指着艾斯黛拉问匹普：“Is she beautiful？”当时凌乱。

无论如何，在这些精神原子弹的轰炸下，小宇宙完全爆发，外语在一年内突飞猛进。从班上中低排名，到所有考试全部一百分，还不到20分钟就交卷。从学校到市里面各种英语竞赛，统统囊括第一名。老师下课遇到我提问题都要发怵。有一次表姐给我一张叫什么托福的试卷，语法部分我做了满分。

回想一下，我遇到的那些外语学得好的人，无一不是有强大的兴趣或动机。比如我父亲，他只上到初二，因为抗战而失学，后加入新四军。但是他在1949年后那么困难的环境下，还坚持自学英语，用的甚至是苏联编的英语读物。改革开放后他翻译了两本书，每天听BBC，更重要的是后来他音乐文章中的许多资料，都来自他阅读的音乐原版书，正是无心插柳柳成荫。

最后再举一个兴趣创造奇迹的例子。这是原哈佛李欧梵教授先生亲口告诉我的。他刚去美国的时候，为了学好英语，专门找美国姑娘约会，最终成为费正清的高足，名满天下的学者。李先生这个是学英语的终极大法，必杀技。

一个大学生的爱乐简史

我在1982年成为一个大学生。那年头，托福和经商之风尚未吹进校园，所以骄傲的大学生们有的是时间和心思去拼命学习和拼命从事各种正当而健康的娱乐。五花八门的各类协会、团体、俱乐部多如牛毛，令人垂涎欲滴，而又眼花缭乱，无所适从。但是有一点那时的新生们都很明确：做一个大学生，就意味着进入了一个相当高雅的文化圈子，那么，就要学会说这个圈子里的行话，会哼行调；没有修养、不会来事是不行的。

古典音乐是当时的大热门，音乐俱乐部自然就成为校园里傲视群雄的大帮派，与另一大帮，即诗社，成分庭抗礼之势，好比武林中的武当少林。我原是热衷文学的，对音乐的感觉平平，按理应入诗社，但自我进中文系之后，对文学的感觉大坏，一天到晚想着要改换门庭。进大学不到一个礼拜，一张花花绿绿的海报吸引了我，音乐俱乐部要办一次“有奖音乐猜谜晚会”。那年头这种晚会总是场场爆满，下午四点钟就得到阶梯教室去占位置，几个人轮流值班。好不容易熬到晚上七点钟，晚会吹吹打打地开始了。主持人男男女女有好几个，当然都是音乐俱乐部的头面人物，个个看上去很不同凡响的样子。奖品满满地堆了一桌子，是要当场兑现的。主持人在台上问一些问题，或放一段音乐，然后要下面的人到黑板上写出答案。听众中有一个大胡子高个儿的，几乎每回都要走到台上来，而且次次正确，令我们这些不知深浅的新生十分艳羡惊服。大胡子成了那天晚上的英雄，出尽风头。到后来，主持人之一的会长，一个个子不高非常漂亮的小伙子，出了一道极难的题目，下面的人都答不出来，便不约而同地把期待的目光都投向大胡子，大胡子果然又是不负众望，在一片寂静中离开位置向前走去，然而这回却是走出了门外，上厕所去了。

那天晚上我猜对了一个编得很蹩脚的谜语：对号入座——打一音乐术语，答案是“对位”，得到了一块香喷喷的橡皮，心里是又得意又不好意思。当时的那种热烈气氛确实感染了我，唤醒了我对音乐沉睡的欲望，也唤醒了我的一种其实并不可耻的虚荣心，即渴望成为大胡子那样的英雄，每回都能走到台前，写出正确的答案。

像我这样的大学生是很多的，对音乐朦朦胧胧地喜欢，但更多的是希望了解一些音乐“知识”（例如贝多芬耳朵为什么会聋，柴可夫斯基是不是同性恋，肖邦弥留之际乔治桑在不在他身边，等等），以便将来在与同性特别是异性的同学朋友聊天的时候可以有一份高级的谈资，显示自己的优雅与修养。所以我特别热衷看一些小册子，像《隐藏在花丛中的大炮》（有关肖邦的）、《他永远凝视着祖国的海湾》（有关格里格的），等等。还有就是音乐俱乐部从外面请来的指挥和教授，例如谭冰若先生啦，萧白先生啦，等等，到我们学校的来举办的音乐欣赏讲座。这种讲座也是场场爆满，我们都带上厚厚的黑色笔记本，认真地记下先生讲的著名音乐家的生平和趣闻逸事，以及对三部曲式和变奏曲式的分析。我们听累了，先生就放上一段音乐，就这么听听讲讲，两个多小时下来，大家都非常满足。

功夫不负有心人，这些听得来、看得来、记下来的音乐知识居然很快就派上用场了。音乐俱乐部又贴出海报，要举办一次音乐知识竞赛，前若干名即可成为俱乐部的正式会员，所以又是入会的资格考试。成为俱乐部的正式会员，这可实在是太有诱惑力了，这意味着你可以堂而皇之地走进“圈子”，结交一大批大胡子（大胡子一直是我的偶像）那样有才华的人，大家在一种非常艺术的气氛中交流心得、磁带、友谊甚至爱情。

一想到这一点，我立刻头脑发热，赶紧用省吃俭用的钱到书店里买了厚厚的一本《音乐欣赏手册》，然后一连几天，连夜突击，看个滚瓜烂熟。然后怀着激动的心情步入考场。应试者如云，竞争十分激烈。考完后，又经过一个月的等待（为什么时间要那么长？），中央食堂门口终于贴出了红榜，我和我班的另一个同学（此人后成为我的好友）作为鼓励奖，低低地中了！当晚在学生活动室面试，会长，即那个漂亮的小伙子，又问了我几个问题，我因为紧张和激动，不免有些结巴，会长宽宏大量地予以认可。

从此我成为音乐俱乐部的正式会员了。几乎每个星期都有活动，当然是小规模的、会员们的活动。我们挤在空气浑浊的活动室里，听听某个会员提供的磁带，讨论一些音乐的或非音乐的问题，大家都感觉到是在享受一种特权、身份和资格（所以一定不能放大家都进来，一定要通过考试，从严筛选）。

是俱乐部把我带进了音乐厅，因为音乐厅经常向俱乐部发函征订门票，我们可以近水楼台先得月。即使是像上海音乐厅这样陈旧的音乐厅也永远散发着一种上流社会的气息，令我们这些穷学生既自惭形秽，又无限向往。音乐厅使我大开眼界，把我对音乐的热爱提高到了一种信仰的高度。我在那而听过“女奴”依佐拉的丈夫庞丘斯指挥的莫扎特第36（林茨）交响曲，看过德意志巴伐利亚歌剧院演出的《费加罗的婚礼》。在领教上海音乐厅的贵族气息的同时，我也见识了一些奇怪的现象，例如，明明是管弦乐队的演出，为什么许多人却带了望远镜，他们想看什么呢？还有许多人带了好些吃的东西，从头吃到尾，这是不是一种“堂会”习气的遗传？

不久我就从音乐厅转移到了一个更好的去处：上海音乐学院每星期天晚上在小礼堂办星期音乐会。虽然参加演奏的人大多是学生，但曲目相当不错，范围很广。而且那里气氛好，有一批固定而又懂行的老听众，没有望远镜和吃的东西，十分安静。只有一回情形有些异样，那是法国一个著名的阉人歌唱家和一个古乐器小组在那儿演出，气氛就不免有些活跃，连一些铁杆老客也心有旁骛，嘁嘁喳喳的私语声时有所闻。

这时候，我已经真的开始喜欢上音乐了。什么叫“真的”？就是说，我已经开始厌恶那种小册子，也不看大册子，而转为疯狂地用各种方式去“听”。我扛来了家里40斤重的老式电子管盘式录音机，还有一大堆我父亲在一个荒芜的年代里担惊受怕地从南朝鲜电台里录下来的磁带。这些直径将近一尺的磁带使我至今仍能说出贝多芬、舒伯特等光辉名字的朝鲜发音。磁带也远远填不饱我的胃口，最大的音乐食粮的来源还是电台。还有比冬夜十一点躲在被窝里用耳塞听792千赫的音乐节目更愉快的事吗？光听一遍还不满足，还要录下来，翻来覆去地听。但是问题来了，我们本科生的宿舍，只有晚上六点到十点之间有电，于是从走廊上的灯里用一种极不安全的方法接了一条“黑线”，从上海台当时刚刚开设的调频台中录下了大量的好货。

日出日落，慢慢地，我们这些音乐俱乐部里的新面孔开始变成部里的资深人士，会长奔赴美国留学，临走前进行了一番人事变动上的安排，我和上面提到的老友被吸收进了领导班子。老友居然成了会长，我混得差些，也弄了个理事干干。于是，终于轮到我们到前台来组织活动了。我们搞了贝多芬诞辰的纪念活动。我们为了故作高深，请了上海音乐学院的朱贤杰来讲他也搞不大清楚的贝多芬晚期钢琴奏鸣曲。最后，我们干了我们最想干的一件事，即招收新的会员。我们主持口试和笔试，就像我们曾经羡慕的前任那样。我们绞尽脑汁，出了一些稀奇古怪的题目。而新会长——我的老友——再把这些题目透露给一个他喜欢的傻乎乎的进了音乐会就要打瞌睡的女孩子。没办法，谁叫我们那时候那么年轻呢。

再往后，我对音乐的爱好仍是一天天地增加，但是我对以往热衷的音乐活动的参加却一天天地减少，渐渐地我与音乐俱乐部的红男绿女断绝了来往，音乐厅或小礼堂的星期音乐会也再见不到我的影子。

更惊人的是我突然有一天发现世界上的曲子差不多都已被我听完，我喜欢的作曲家和作品越来越少，我听的范围越来越窄，但是热爱的程度越来越深。

我越来越少和人谈起音乐，而当年我是多么兴高采烈，滔滔不绝，渴望交流啊。我变得越来越孤独。我知道，这是音乐害了我。

但是我不后悔。

从万象到微博

1999年的时候，我在东京大学东洋文化研究所任职，有一天收到陆灏的一封邮件，说他现在在编《万象》，希望支持，内容不限，长短随意。我不知道他怎么看上我了，因我之前很少写文章。客居寂寞，在日本读了不少随笔，当时好像正好在翻《徒然草》，看到爱生物的段落，想到小时候读的怀特《夏洛的网》，就写了一篇又像是书评又像是怀旧的东西。稿子寄给陆灏以后，不久他说“发了”，但这对我也没有什么意义，因为还要过一年，我回国的时候才看到这期杂志，要到那一刻，激动和喜悦才姗姗来迟。如果我没记错的话，那一期我上了封面，而且与须兰的《好色》排在一起。须兰早就是我的偶像，能跻身偶像之侧，确实是喜出望外。

在《万象》第一次发文章，印象特别深，也是因为从来没有那么多人对我说看了我的文章。有一位朋友说，这样的文章你要是连续发五篇，你就出名啦。说真的，我在这之前没有什么媒体意识，对出名不感兴趣，或者说根本没有想到自己也有可能出名，所以对发表文章也没有什么热情，但是《万象》向我打开一扇窗口，唤醒我身上沉睡的某种意识，让我看到了一个从前只能仰望的圈子，而只要能在《万象》上发一篇文章，就相当于向这个圈子群发了一封邮件，或者用更与时俱进的话来说，就是直接把投名状发到了《万象》微信群里边。现在回想起来，《万象》的作者群和读者群，确实是前社交媒体时代最接近社交媒体传播方式的传统媒体空间。

我在《万象》上发表的第一篇文章还帮助我实现了其他一些年轻时的梦想。我读中学的时候，喜欢写作文，曾经畅想假如自己的文章能收入课本，让老师来讲，那画面就太美了。《好书》后来被收入了上海语文课本，尽管是配套的课外阅读教材，总算也是部分实现了梦想。中学里同学最喜欢看的是《读者》杂志，当时还叫《读者文摘》，也曾想过哪一天自己的文章能上《读者》。《好书》后来也被《读者》选了。

有了圈子，就有了发朋友圈的动力。我后来在《万象》发的文章，多以“好”字做标题，像《好书》、《好棋》、《好琴》、《好天》、《好音》、《好看》、《好玩》。就像发在朋友圈里一样，这些文章都会收到评论和点赞。著名评论家、山西作协副主席李国涛先生看了我在《万象》上的文章后，写了一篇《有位严锋》，颇说了一些让我脸红又高兴的好话。我与李国涛先生远隔千里，年龄相差三十多岁，从无任何交往，先生主动为一个无名小辈宣扬，超越功利，出乎真心，令人感动。我那时年轻大意，呆头呆脑，竟然没有写信去对先生表示感谢，真是十分失礼，现在趁这个机会也是表达一下自己的歉意。还有一次，我回南通老家，父亲辛丰年说，赵丽雅的儿子看了我的文章，想学吉他，这些听了也都十分令人高兴。

陆灏对作者是很尊重的，他也经常会命题，但都会根据作者的特点，规定一个恰到好处的范围。当然他追稿也是盯得很紧的。我因为懒散，经常拖欠，也幸亏陆兄的耳提面命，才写出那些文章。我那时刚搬到浦东张桥镇上居住，门牌号码是佳林路 82 弄 2 号。有一天回家，太太说，今天有人打电话，开口“我是 6 号”，说找你，还说什么写文章的事情。太太一开始纳闷这郊区僻壤的怎么一搬过去就有文友，过了一会儿才恍然大悟：不是 6 号，是陆灏！

陆灏也经常组织《万象》的作者一起聚会，印象深的一次是去了马勒别墅。那个环境确实也很适合《万象》的情调，在里面喝喝茶，互相吹捧一番，感觉真是太好了。但是有一件事一直耿耿于怀，陆兄搞这些聚会，不知为啥男作者和女作者总是分开来请的，男作者总是碰不到女作者，真是人生恨事。

后来能与“好”搭配的题材写得差不多了，我就考虑开始一个“伟大”系列，这时正是《万象》声名鼎盛的时期，我也踌躇满志，准备在这个朋友圈里一直发下去。可惜好景不长，刚写了《伟大的独奏》和《伟大的杂志》，传来坏消息：陆灏不做《万象》了。陆灏不做《万象》了，我也就没有办法再为《万象》写稿了。《万象》的后任主事者还屡屡向我约稿，但我再也没有写过。当初我父亲也遇到过类似的情况，慧眼识他，一直向他约稿的赵丽雅离开了《读书》，他也就再也不给《读书》写稿了。当然这也不到“士为知己者死”或者“从一而终”的地步，但那样的心情多少还是有一点的。

当时年轻气盛，也不把退出某个朋友圈太当回事，但是今天回过头来看，这对个人的写作生涯还是很有影响的。像我这样懒散的人，如果不是陆灏把我拉进《万象》，如果不是他隔三岔五地温柔催稿，如果不是《万象》提供一个稳定的发布平台、可观的点击率、高质量的反馈，那我可能就根本不会有在《万象》上的那些文章。事实上，从那以后，我就再也没有写出过超越“好”和“伟大”系列的作品。

然后就是新媒体和社交媒体时代了。我开了微博，乐此不疲。有意思的是，我在微博上的第一批粉丝，很多都是《万象》上的老读者。最早的一些留言包括：您是在《万象》

写“好”文章的严锋吗？一声是，迅速互粉。我还专门为这些《万象》的读者建立了一个组群，名为“万象网友”，《万象》好像变成了我们重新相聚的一个接头暗号。我也把《万象》上的那些旧文重新发在微博上，这是一种缅怀，也是一种把过去中断的道路在新的空间里延续下去的努力。

社交时代

忽如一夜粉丝来，千人万人微博开。一个幽灵，一个社交主义的幽灵在全球徘徊！这一切是怎么发生的呢？就我个人而言，要追溯到一年多前的一个饭局，在座的有陈村、路金波、李蕾、黎宛冰等人。路金波说到有个熟人向他炫耀：金波，你知道我现在都有3千粉丝啦。金波淡然一笑：你知道我有多少粉丝？多少？30万。（2018年，他的粉丝已经320多万了）

他们从头到尾都在说一个东西：微博。而我完全插不上话，最后含恨而去。据说在若干年前的美国，午餐时分大家也只说一个东西：电影。假如你不关注本周电影票房的排行榜，你在社交方面的前途就很渺茫了。微博证明了一个真理：只有一件事比被人谈论更可怕，那就是不被人谈论。酒席上人人都在谈微博，酒席回来再到微博上谈酒席。微博装饰了你的梦，你装饰了别人的微博。

这就是所谓“社交媒体”给我昭示的“社交”的第一要义：如果不会使用社交媒体，你在社交媒体之外，在传统的社交场合，都会越来越难以与别人社交。强势如此，令人胆寒。相信很多人一开始都是这样被微博的吧？一旦进去之后，很快就会对“社交”的内在意义有了切身的体会。去年6月，我到美国戴维丝加州大学讲学。到那里的第一晚，浴室水龙头造型奇特，不知道如何才能放出热水，房东又不在家。我把龙头的照片上传到微博，几分钟后就洗上了热水澡：原来那个龙头是要向外拔的，而且要非常用力。如果没有博友的鼓励是没有那个勇气用强的。过几天，信用卡无法使用，微博各路银行专家和金融达人让我脱困免饿。再过几天，电脑出故障，微博又瞬间让我重新备上课。这真的很让人产生毒品一样的依赖感。

还不仅仅是毒品。网上有个格言，叫“外事不决问谷歌，内事不决问百度”。从前我们查词典，翻百科全书，找参考资料，现在我们问搜索引擎。但搜索引擎是死的，即使百度问答上有真人答疑，那也是猴年马月，遥遥无期的事。现在好了，我们完全可以把微博看成是新一代的活的“人肉”搜索引擎。和上一代机器搜索不一样的是，你还可以和这个引擎进行对话和讨论。

还有吵架。去年 7 月，方舟子质疑唐骏学历，我毫不犹豫地加入了支持他打假的微博大战。突然，他掉转枪口，翻出一些陈年往事，指责一些记者为“造谣记者”，一些媒体为“无良媒体”。我认为他不应该计较那些琐屑的个人恩怨，而应该集中火力打假，就发了一条微博：

成也极端，败也极端；打假也方舟子，打倒一切也方舟子。坚持科学方舟子，唯科学至上方舟子。难道在中国，泥沙俱下，玉石皆焚，脏水和孩子一起泼掉是唯一的选择？一切都在变味，大家都在混战。中道何在？中道何在呀！

发完就去睡觉了，结果一觉醒来，发现该微博转发上千，评论几百。这一切都因为方舟子转发了一下。方舟子还算客气，只是说我"人模狗样"讲"梦话"，他的粉丝可就没有那么温柔，把我祖宗八代都细细地问候到了。还有认为我是唐骏一伙的，有质疑我文凭，认为我是西太平洋大学毕业的，说我相信风水，反对转基因，传播宗教……种种匪夷所思的指控，令人哭笑不得。

微博上讲理是一件很困难的事，不仅因为140字限制了理性的展开，更因为这是一个情绪化的空间。许多人挟怨气而来，怀着更大的怨气而去。有意思的是，作为一个社交媒体，人们到这里的初衷是为了沟通，但最后却证明了沟通的困难，哪怕使用的是最先进的沟通工具。到头来，沟通变成了情绪的宣泄。争论不是为了真理，不是为了超越自己的局限，而是为了证明自己，肯定自己。微博不但复制了现实中拉帮结伙，党同伐异的人类行为，还把这些行为进一步放大。

大家都知道吵架是一件很累人的事，微博吵架尤其如此。每个人都想说最后一句，但现实中这种“最后一句”情结总会受到各种限制：要上班，要回家，要吃饭，要睡觉，等等。但是微博的可怕就在于它可以超越时空的限制，把吵架无休止地拖下去。你可以啃着面包与远隔千山万水、原本是八竿子也打不到一块的对手吵；你可以打过盹接着吵；你还可以在等红灯的间歇用手机微博客户端骂对方一句，然后心满意足地猛踩一脚油门。

这就是碎片化的社交，随时随地的社交，无限的社交。某一天在上微博的时候，我想起了马克思的一句经典名言：“人的本质不是单个人所固有的抽象物，在其现实性上，它是一切社会关系的总和”(《关于费尔巴哈的提纲》)。先知就是先知，马克思就是今天以 facebook 和微博为代表的新一代社交网络的先驱。沿着这个思路继续想下去，如果社会性是人的本质，那么，随着社会性的强化，人性又会朝怎样的方向发展？自我意识不断扩张？集体性进一步强化？

在许多科幻小说中，都描绘了人类未来个体的思维打破彼此间的壁垒，通过联网式的机制，逐渐相连融合，汇聚成一种类似超级大脑的集体意识。微博难道就是这一过程的起点吗?

直播时代

前不久，江苏溧阳某局长在微博上与情人调情相约开房，网友发现后，在天涯论坛全程直播。整个过程可谓一波三折，刺激无比。在最初的发帖之后，一开始大家不相信天下还有这样把微博当QQ的傻瓜。确信并非行为艺术后，一波波的天涯网友前往围观，并把苦主加了关注。然后女方似乎有所察觉，开始删帖，于是不断有网友呼吁不要惊动他们，以免看不成好戏。在再三的泣血苦劝之下，竟有有不少网友表示真的取消了关注，于是直播又继续下去了。接着又进入到下一个人肉的阶段，其间网友们群策群力，各显神通，展示了不亚于柯南的侦破技巧，最终把双方精确定位到单位姓名。再往后的故事就是大家所熟悉的了。

我是事后去看那个著名的天涯长帖的，其时已是尘埃落定，但是还是能充分体会到网友们在整个过程中的兴奋与激动。有的人表示这比连续剧还好看，比世界杯还好看。这是可以理解的。网络捉奸，融汇了传统的好奇、窥视、欲望、艳羡、嫉妒、道德愤怒等心理，又融合了反腐、仇富等新时代因素，再加上即时、互动、多媒体、搜索技术等新媒体特性，把五湖四海的人，为了一个捉奸的共同目的，凝结成一个同仇敌忾、分享快乐的围观共同体。说这是新时代最 high

的娱乐形式之一，恐怕完全不是夸张。

捉奸有着古老的传统。秦始皇的“会稽刻石”中，便宣布“夫为寄，杀之无罪”。就是说丈夫像公猪那样钻到别的窝里去与人通奸，妻子杀了他是无罪的。元朝规定丈夫在通奸场所当场杀死奸夫及妻妾可以无罪。这条法律后来被明清两代继承，允许丈夫当场杀死奸夫奸妇。最近美国还爆出剽悍妻子在捉奸现场击毙丈夫的新闻。当然到了现代，通奸不能成为杀人的理由，但是依然是千夫所指的行为，这也就给围观者带来了道德上的优势与合法性。

捉奸也是文学作品永恒的主题。大家熟悉的《水浒》与《金瓶梅》我就不说了。印象中最深刻的捉奸故事，来自一部现在大家已经逐渐遗忘的红色经典，浩然的《艳阳天》。反革命分子马之悦为陷害支部书记萧长春，设局让暗恋萧长春的落后妇女孙桂英勾引之，马本人潜伏欲破门而入。结果萧书记坐怀不乱，大义凛然，怒斥孙桂英而去。马之悦失望之余，自己欲火高涨，忍不住扑上去想取而代之，结果不幸被自己老婆带领的另一支跟踪萧长春的捉奸队伍抓个正着。这部小说非常符合陈思和教授的“民间理论”，即在主流意识形态的文学作品中，隐藏着表现民间趣味与审美的文化冲动。在

《艳阳天》中，这个隐形结构就是对捉奸的兴趣。

非著名导演阿米瑞亚达在2000年拍过一个后现代版的《哈姆雷特》，把这个关于背叛和复仇的伟大故事移到现代的纽约，丹麦变成了一个跨国媒体公司，哈姆雷特是这个公司CEO的儿子，一个独立制片人，他的女友奥菲莉娅是一个摄影师。这个版本的《哈姆雷特》最有意思的是把莎翁的原作完全拍成了一部关于视觉与监视的作品。老王的鬼魂是公司的门房在监视器里发现的，篡位的国王克劳迪斯和老臣波罗纽斯在可怜的奥菲莉娅的身上绑上了窃听器，最终被哈姆雷特在亲热时发现，导致奥菲莉娅发疯。史上最著名的“活着，还是不活”的独白，是哈姆雷特在Blockbuster（美国音像制品出租连锁店）说出的。

阿米瑞亚达声称，他的《哈姆雷特》比原作更忠实于作者的原意。他的意思是说，人类古老的监视冲动，到了今天，通过技术获得了近乎完美的实现手段，同时也被推到了一个爆炸性的高度。这其实也是福柯《规训与惩罚》中的核心理论。在一个全面视觉化的时代，全民的监视也随之而来。

这种监视具有天网恢恢，俯视众生的气势。也许你可以逃得过一对一的盯梢，但是你绝逃不过亿对一的围观，而且是三班倒连轴转，年内无休。加上黑客技术，搜索手段，我们面临着一个无隐私时代的来临。如果说在《艳阳天》这样的作品中，人们对捉奸的兴趣必须以相对隐晦的方式来表达的话，今天则走进了全民狂欢的新捉奸时代，网络和新媒体为此提供了前所未有的手段。我们正在进入一个直播的时代：直播到哪，直播饭局，直播吵架，直播洗澡，直播捉奸，直播私奔。这也是现象学大师胡塞尔所说的“交互主体性”的新阶段。胡塞尔认为主体与主体分享经验，构成意义与理解的基础，也是人之为人的根本。

我播故我在，在一个人的终极意义成为巨大疑问的时代，这就是直播的终极秘密！

「后人」时代？

在美国的时候，经常看美国广播公司一个叫《极限美容》的电视真人秀。这个节目挑选一些相貌上有严重问题的普通老百姓，主持人突然出现在他们家中，庄严宣告：你的命运即将改变。然后给他们配最好的整形师、美容师、化妆师，经过一番大修大补，最后在一个众多亲戚朋友参加的仪式盛会上，大家眼睛一眨，老母鸡变成了天鹅。

我印象最深的是有一次看他们给一个叫丽姿的五十岁老太太变戏法。这个老太太原来肉头肉脑的，五官极不分明。“极限美容”的魔法师团队大动干戈，给丽姿安上了一个下巴，加厚了嘴唇，拉长了脖子，垫高了颧骨，皮肤进行抛光处理，多余的脂肪全部抽掉。美貌是要付出沉重代价的。丽姿刚刚从手术室里出来的时候，活像个三度烧伤的病人。在整修的过程中，她严重感染，痛苦不堪，整整在病床上躺了三个月，其间几经反复，甚至本人坚决要求终止美容。当然好说歹说还是让她硬撑下去了，既然是秀嘛，总应该有个大团圆的结局。丽姿终于浴血重生，当她最后粉墨出场的时候，所有的亲友们都兴奋得嗷嗷大叫，不能自已。

这档节目收视率极高，当然可以看成是“美国梦”的又一表现形式，或者说新版本。在这些故事中，不变的因素是光荣与梦想，改变自我的努力，化平庸为神奇的渴望。现在加进来的新因素则是高科技的手段和医学的新进展。国外有一个词正在开始流行起来，叫“后人”(posthuman)，这是相对于“人”而言的。从前和现在我们可以算是“人”，将来统统会变成（或现在已经开始成为）“后人”。后人是怎样炼成的呢？一言以蔽之，人造。比如你脑子不好，记性差，那就往里头埋块电脑芯片，再连上网络。四肢无力，骨质疏松吗？那就统统换上纳米材料，一定坚韧无比。心力衰竭吗？换个人造心，包你强壮结实，经久耐用。在今天看来，这一切在技术上都已经不是什么完全不能想象的东西，往日科幻小说中的那些梦想（包括噩梦？）正在变成现实。

如果说人造人、机器人、生化人（Cyborg，一种半机器半人的怪物）一时半载还看不大到的话，人造美女无疑已经在我们身边大量涌现，估计像“极限美容”这样的节目也很快就要登陆中国了。这是一个鸟枪换炮的年代，一个人造之物盛行的年代，也是一个真伪莫辨、美丑难分的年代。从前看威廉·吉布森的科幻小说《神经浪游者》，里面有一段让我觉得惊心动魄：主人公网络牛仔凯斯的女友莫莉警告他不要欺骗自己，一边说着，伴随着一声微响，十根四厘米长的双刃刀片从指甲中穿出来，又缓缓缩回去。《神经浪游者》一九八四年问世，预告了网络空间的降临，影响了包括《黑客帝国》在内的大量作品，也打造了凯斯和莫莉这样的“后人”形象。也许我真的是科幻小说读多了，脑子坏掉了，不知道怎么搞的，一看到那些“人造美女”，我总是觉得她们的纤纤玉手中随时会有若干闪闪发亮真正人造的物事戳将出来。

在并不遥远的过去，我们忙于改造思想，改造灵魂，现在又忙着改造身体，真累人哪。人这个动物最不安于现状了，从猴子时代起就努力求变，不断进化，终于变成今天这副模样。说到底，变和换都应该算是好事情。只不过我有时候会瞎想，这样七变八变，不知会不会有一天又变回原来的形状？或者说，如果没完没了地换来换去，换到最后我们还是人吗？

文学3.0

从前，有个东西叫文学，有一帮人叫文学青年。文学青年一天到晚琢磨怎么升级成一种叫作家的高级族群，可是很不幸他们当中的 99.9% 天生只能是当读者的命。对不起，纸张有限，印刷技术复杂，发行更不是老百姓能搞定的垄断产业。

突然，技术革命了，网络变成了一台超级打印机，或者是一块超级写字板，每个人都可以在上面快乐地胡涂乱抹。于是文学升级（降级？）成文学 2.0，或网络文学，文学青年也全伙儿打包升级成网络写手。千禧年，传统作家王朔到上海参加“榕树下”“网络原创文学奖”颁奖大会，在文学 1.0 升级成 2.0 的现场，目睹满堂欢呼安妮宝贝的盛况，回来后酸溜溜地写下《这之后一切将变》的名文。

时光又过去八年，王朔说得没错，这之后一切将变。但是他做梦也没想到，事情比他想象的还要夸张。网络文学也不见鸟，文学继续升级（消亡？）成 3.0，或全民文学，全民写作。中国进入泛文学时代。

对了，差点忘了说，这当中应该还有个 2.5 的时代，其代表作家是赵丽华。诗人 / 湿人在回归一种朴素无华的语体之时，不幸泄漏了原来绝不可泄漏的文学天机。众人突然发现自己就是莫里哀《贵人迷》中的茹尔丹先生："天哪，原来我们日常说话就是散文，敢情我说了一辈子散文自己还不知道？"从此以后，大伙儿卸除了对文学的最后一丝敬畏和心理障碍，再也没有任何东西可以阻止一个人人至少都是散文家的时代的到来。

这绝对是一个神奇的时代，我经常深夜不眠趴在"天涯"之类的网站上，看各种奇思妙语、搞笑揶揄如长江大海般滚滚而来，滔滔不绝。从个人遭遇、市井逸闻到国家大事到全球战略，要什么有什么，要多少有多少，要多精彩有多精彩。这是一个集体写作的时代，文学从精英那里回归于狂欢的民间。我曾经亲眼目睹"天涯"网友为"王石列传"的最后一句反复推敲，字斟句酌，其炼句的能量令人胆寒。群众的智慧，集体的力量，在一个多核的时代，在一个并行计算的时代，放射出真正的光芒。

不过王朔这样的作家 1.0 也不要灰心丧气。文学这个东西到底有些特殊性。把一万个郭敬明并行处理，其想象力不一定比得过曹雪芹。所以呢，一要认清形势，二要找到自己真正的位置，没准伏地魔还有大反扑的那一天呢。

无人永生

前些天看《中国青年报》，里面有个重头报道。三个英国科学家在北京作科普讲座，告诉市民们："人类必须经历死亡的看法恐怕是错误的。"我们会为什么而死呢？并不是因为年老，而应归咎于衰老引起的各种疾病，如果疾病可以治愈，那么我们不就可以一直活下去了吗？至于如何包治百病，科学家告诉我们，可以通过更新细胞的办法。活跃的人体干细胞是提供这些新生细胞的动力工厂。更令人高兴的是，一种特别的干细胞已经被发现，它能无限分化形成机体的任何细胞、组织和器官，这就是胚胎干细胞，又称"万能细胞"。"第一个能够活到1000岁的人或许已经出现在我们中间。"科学家说。

永远健康，万寿无疆，这些我们既熟悉而又遥远的词语，真的会与我们这些庸碌之辈再度结缘吗？有人兴奋之余，已经迫不及待地开始畅想因为"永生"而带来的各种伦理、社会问题了：没有死亡，只有新生，我们可怜的地球能否承受人口膨胀带来的巨大压力？当人类拥有不朽的生命，是否会放弃繁衍生息？因为我们已经不需要子女来延续自己生命的意义。当我们拥有无穷的生命，我们是否会不再珍惜时光，从而饱食终日，脑满肠肥？真是乐极生悲啊，幸福尚未降临，我们已经在享受幸福会带来的烦恼了。

且慢杞人忧天，在《新发现》杂志上，法国科学家讲述了一个与英国科学家完全不同的故事。按照他们的看法，人都是要死的（听上去真像一个著名法国电脑游戏的名字），如果你企图通过改变基因等方法强行延长生命的话，你可能会得不偿失，患病的概率大大提高。根据这种观点，衰老并不是神灵的诅咒或惩罚，而是机体为了获得优化的繁殖能力而付出的代价。说白了，死亡是生命的一种策略。

比如，每一次细胞复制时，都会发生染色体末端（端粒）缩短，这最终会使细胞分裂停止，造成细胞死亡。那岂不是可以通过刺激体细胞合成端粒酶来造就不死的体细胞吗？很不幸，不死的体细胞，那就是癌细胞。你想长生不老吗？有可能的，不过请你先尝尝癌症的滋味。基因修改过的老鼠，寿命得到了延长，但受到多种病症的困扰，比如侏儒症或繁殖力明显衰退，有的老鼠甚至彻底丧失了生育力。

我不禁想起余华在20世纪80年代写的一部叫作《世事如烟》的先锋小说，里面有个魔鬼一样阴冷的算命先生，90岁了还没死。他长寿的秘诀是，把5个儿子全部克死，把孩子的阳寿添到自己的头上。当年我们从这个小说当中看到的是象征意义，今天看来，简直还有科学意义，厉害啊。

去年有一个轰动的事件：一个叫伯鲁克·格林伯格的女孩，出生十多年来容貌体态保持婴儿状态，属于极为罕见的“不老症”。许多人于是蠢蠢欲动，想从她身上找出长生不老的秘密。可怜的女孩，体重仅6公斤，不会讲话走路，智力也停留在一岁阶段，还得通过一根喂食管进食，患有中风、痉挛、溃疡、严重的呼吸道疾病，她的体内甚至还长有一个柠檬大小的肿瘤。这样的状态，即使是“活着”，又有什么意义呢？

我年轻时迷恋过气功，感觉相当不错。按照那个路子走下去，延年益寿也似乎不是没有可能。可是后来慢慢发现世上没有免费的午餐。你要取得精神的宁静，就要收住意马心猿，就要心如止水，就不能七想八想，对师傅还不能有一丝一毫的怀疑，这对我辈靠大脑吃饭又受过启蒙洗礼的人来说实在是太憋屈了。你要吐纳调息，意守丹田，每天就得在那老老实实坐它七八个小时。那我靠什么活呀？我后来终于悟到，像“龟息”之类的功夫，对身体没好处才怪呢：什么活都不干，只管把呼吸放到最细，心跳调到最慢，消耗减到最低，生命活动变得最弱，用科学的术语来讲就是熵值最小。

真能做到的话，就是活到神仙那把岁数也没什么稀奇的。只不过，那跟不活也没什么两样。

小时候看管桦的《小英雄雨来》，有一句到现在还记得：“有志不在年高，无志空活百年。”或者，翻译成法国人帕斯卡的话，那就是：“与其为生命添岁月，不如为岁月添生命。”

「西游」密码

据说“西游”题材又火了，对此我毫不觉得奇怪。为什么要说“又”?《西游记》及其衍生作品，从现代以来，什么时候不火过？往少里说，隔三岔五，或十年二十年，总要以这样那样的方式回归一下，此中大有真意，甚至涉及当代文化的核心语码，不可不察。

比如，我清清楚楚记得，“西游”上世纪 70 年代就火过。我八九岁的时候，随我父亲从南通去常熟探亲。在沙洲县十一圩（今张家港）转车的时候，父亲给我几分钱，我在车站外的租书摊上流连忘返，最终锁定的几本小人书中，就有 1973 年版的《孙悟空三打白骨精》。对那一天的选择，我从来没有后悔过，这一分钱花得实在是太值了。

后来知道，这是连环画坛“四大名旦”之首赵宏本先生与钱笑呆先生合作的登峰造极之作，工笔白描，细腻飘逸，一山一石触手可及，人物情态破纸而出。最喜欢看悟空大战白骨精时，一根大棒凌空直下，大有电影分镜头的感觉，怎一个爽字了得。

在一个非常革命、写作文必写捡到一分钱的年代里，在一个没有电视、没有七龙珠、没有数码宝贝，甚至连郭敬明也没有的环境下，我们竟然看到了白骨精、金蟾老妖（白骨精她妈）、老狼精（白骨精手下）、变身、飞行术、超级法宝这些极其新世纪的奇幻元素，简直让人觉得是不是时空错位了。但是千真万确，感谢赵宏本先生与钱笑呆先生，感谢吴承恩先生，凭借一本《孙悟空三打白骨精》，让我们这些满口政治术语、老旧落伍、土头呆脑的70年代小学生，与今天声光化电熏陶下的尖峰少年，处在实质性的同一起跑线上。

或者我们更牛。起点网上的奇幻作品我也看得多了，可是哪一部作品能在这么短的文字里，如此一波三折，扣人心弦？《孙悟空三打白骨精》是改编的经典范例（张纪中你要学学啊），情节设置发展，奇崛而合乎情理，堪称完美，我长大后看《西游记》同一章节，就提不起精神来了。

按理说，在“文革”的语境下，这种宣传宗教迷信、渲染妖魔鬼怪、充满封建色彩的作品是不应该出来毒害青少年的。但是神奇的《孙悟空三打白骨精》就神奇地脱颖而出。当然这里面就需要另一种文化逻辑了。我们从小就背诵毛主席的名篇《七律·和郭沫若同志》：

一从大地起风雷，便有精生白骨堆。
僧是愚氓犹可训，妖为鬼蜮必成灾。

金猴奋起千钧棒，玉宇澄清万里埃。

今日欢呼孙大圣，只缘妖雾又重来。

一旦孙大圣化身为超级革命者的形象，“毒草”立刻就能变形为香花。变形啊，变形就是王道，谁叫《西游记》是变形的终极宝典呢。前几年极为走红的《悟空传》，在充斥网络的“大话体”写作中，以其清晰而优美的语体独树一帜，也更接近传统意义上的小说，但是它的“大话”特质依然鲜明，毫无疑问是电影《大话西游》的文学变体。印象深刻的是其中有一段玉皇大帝与太白金星的搞笑对话。玉帝问他天蓬元帅勾结妖魔，该当何罪。太白金星以一种“大话”的方式回答了他：“这勾结妖魔，可轻可重，可处以升官，大赦，流放，极刑。”

乍一看来，这犬儒太白金星嘴里喷出来的简直就是解构主义的批评、道德虚无主义的妖雾。但是且慢，在另一个地方，我们又看到唐僧大声呼叫：“我要这天，再遮不住我眼，要这地，再埋不了我心，要这众生，都明白我意，要那诸佛，都烟消云散！”在这宣言式的呐喊中，我们仿佛听到了1980年代中国启蒙运动的袅袅余音，同时也依然还可以感受到

《孙悟空三打白骨精》或《七律·和郭沫若同志》中革命者孙大圣的豪迈激情。

在一个大话的时代，连对模拟的模拟的《悟空传》也成为经典了，因为我们又看到了对它的无穷模仿和改写：漫画、flash、《八戒日记》、《沙僧日记》……这是一条无穷无尽的变形链。话说到这个份上，我们还是绕不过《悟空传》的前身、《西游记》的后世、说不尽道不完的《大话西游》。

我还记得 1995 年第一次看这部电影，在今天已经不见踪影的五角场翔鹰电影院。其实该片 1994 年在香港上映时票房不佳。进入内地影院，上座率也相当惨淡，在北京地区只有 20 万元的票房收入。1996 年，我买到《大话西游》的盗版 VCD，深夜在复旦青年教工集体宿舍里与师兄弟孙宜学、段怀清、宋明炜等人激情观看，笑翻在地，热泪盈眶。我们是如此热爱这部旷世杰作，却丝毫没有预料到它将要开创一个崭新的时代。对《大话西游》的惊人热情要滞后几年才出现，在此过程中，艺术与娱乐的承载媒介起到了巨大的推动作用，并呈现出鲜明的中国特色。首先是盗版 VCD 推动了《大话西游》的传播。VCD 廉价，便携，易租借，可无限重播，对青年学生而言堪称天赐良媒（介）。而随后互联网的勃兴则进一步把《大话西游》推到了神话的地位。年轻的网民们在各种场合大量引用《大话西游》中的台词，作为自己的口头禅和相互交往中的联系纽带，使之成为“进入新世纪的通行证”（张闳语）。我们仿佛又回到了春秋战国时代，那时候，据孔子说，你如果不懂《诗经》里的句子，连嘴巴都不能张开啊。

我有一条私家定理：小说的文学性与电影的可改编性成反比。文学经典电影化的困难堪称有目共睹。中国投入巨资将“四大名著”改编成影视作品，却遭致众多的非议。这条关于经典文学的改编失败定律甚至也适用于某些极为热门的通俗文学，比如金庸的武侠小说，想想张纪中与李亚鹏当年在网上受到的热骂吧。困难很大程度上来自读者长期以来阅读经典小说时在头脑中形成的人物形象，与屏幕上视觉形象的严重不符。但是，《大话西游》采用了完全不同的一套改编策略。它不是努力试图缩小文字与影像的鸿沟，而是利用和进一步凸显这些鸿沟。

混合了日本武士、卡通漫画和周星驰其他电影中的造型的至尊宝与传统想象中的孙悟空看似毫无共通之处。身处中文系这一国粹的终极领地，我常常听到对这种无耻歪曲名著的做法的极度鄙视。但如果我们真要在乎原小说中“真实”

的孙悟空的“真正”的形象的话，就会马上发现一个很有意思的逻辑。《西游记》的成书本身经历了一个漫长的演变过程，主人公的形象也是融合了中外多种神话传说，几经糅合而来，到最后成为孙悟空这个人物，其间已经不知道经历了多少次的变形。再说了，猴子（孙悟空）的天性难道不就是任性无常，灵活善变吗？说到底，“恶搞”、“歪曲”、“窜改”也许本来就是通向经典之路。

由此我们开始触及变形的多重历史文化意义的核心。孙悟空，这个可以随心变化和穿越时空的怪物，这个伟大的前人类（pre-human）、超人类（super-human）和后人类（post-human）的混合体，正是新生代中国青年最新的（同时又是古老而陈旧的）化身，这些青年们在新的媒介（例如互联网）中找到了他们的自由意志的想象性的实现方式。

而社会主义文学中革命的孙悟空与反革命的白骨精势同水火的对抗已经融化为甜蜜、悲伤而又滑稽的后现代罗曼史。《大话西游》和《悟空传》还可以被视为从1980年代开始的以王蒙和王朔为代表的文化世俗主义潮流的后继者，并呈现出更大的狂欢化倾向。当中国青年在超越时空的网络中畅游的时候，他们像挑战权威的孙悟空那样，感觉到前所未有的解放感和自由的快乐。

最后贡献一个精神升华版的《西游记》大结局供张纪中导演参考，创意来自胡适，他曾经亲自捉刀改写《西游记》第八十一难。胡适致杨杏佛信中谈及胡氏大话西游的真实意义：“我说，《西游记》的八十一难，最不能令人满意，应该这样改作：唐僧取了经回到通天河边，梦见黄风大王等妖魔向他索命，唐僧醒来，叫三个徒弟驾云把经卷送回唐土去讫，他自己却念动真言，把当日想吃唐僧一块肉延寿三千年的一切冤魂都召请来，他自己动手，把身上的肉割下来布施给他们吃，一切冤魂吃了唐僧的肉，都得超生极乐世界，唐僧的肉布施完了，他也成了正果。”

其实，《西游记》的“原著”，不正是那个人人向往的永恒的唐僧的肉身，而所有对《西游记》的阅读改编，不正是把“原著”津津有味地啃个没完，以图得道升天吗？

高分辨率的怀旧

2005 年的时候我为《新民周刊》写过一篇关于 IMAX 的枪文，题目叫《感官的盛宴》。我最早是 1999 年在东京新宿的高岛屋看了 IMAX 版的迪士尼音乐动画片《幻想曲 2000》，当场身中剧毒，从此不能自拔，到任何一地，只要有 IMAX 影院，必然前去瞻仰。这次的《阿凡达》让我很激动，因为这是一次空前规模的 IMAX 群众普及教育，代表着人类的视觉又进入了一个新的纪元。但对我们这些老 IMAX 迷来说，那些刺激的视觉元素也见多不怪了，这个纪元其实早就来临，只不过大多数人身在其中未曾觉察而已。

IMAX 基本上都是科教片和风光片，大堡礁、热带雨林、喜马拉雅山这些都是 IMAX 的拿手题材。网上有一些人指责《阿凡达》情节老套，其实转换一下思路，你把它看成是血统纯正的 IMAX 风光片就不会有什么抱怨了。在这方面《阿凡达》还有很大突破，因为它描绘的不是真实的自然，而是幻想中的自然，外星的旖旎风光。

《阿凡达》也是电脑 CG 的一次空前展示。与电脑一起成长的年轻一代，对此倍感亲切。你可以把它看成一个 160 分钟的 Windows 梦幻屏保，里面的人物好像是 Poser 软件做出来的，场景是 3d Max 设计出来的。你也可以把它视为用 8 层楼高的屏幕来玩 Square 公司的看家游戏《最终幻想 12》。你当然更可以把它当作 3D 测试软件 3DMark 的下一个版本，那些超频狂和跑分狂的最爱。《阿凡达》的魅力正来自这种似曾相识的感觉。它把动画片、风光片、电脑 CG、3D 效果、游戏画面等已有的文化与科技元素组合在一起，推向一个空前规模。从 1980 年代开始的电脑视觉运动，正在极大地改变着人类观察世界的方式，也正在影响我们的审美意识。《阿凡达》可以视为这种改变的阶段性的总结。

麦克卢汉早在上世纪 60 年代就提出了一个有意思的文化概念：低分辨率和高分辨率。他认为文字相对于电影而言，属于低分辨率。今天再看他的理论，就非常直观了。技术让我们走进了全面大规模的高分辨率时代。家庭播放从原来的 VCD，到后来的 DVD，再到现在的高清。电影从 35 mm 的胶片到 70 mm 的 IMAX 胶片。声音从原来的单声道，到双声道，现在可以达到 5 声道甚至 7 声道。“HD”这个代表高解析的词在视听领域大行其道。这林林总总的趋势背后，有一个关键词，就是“信息”——所有的这些技术发展，都是信息丰富的过程。

以此来看，卡梅隆这场“感官盛宴”，不是从天上掉下来的，而是与人类从低清走向高清的大时代背景密不可分。IMAX 的意思是“最大影像”，眼睛所能看到信息的最大化。3D 增加了一个维度，即纵深感，影像可以跑到你的面前，这种感官信息的增加，让真实和假想的界限变得模糊，跨过了那条界限，人就真正地身临其境，倍加投入。

但是在麦克卢汉那里，低分辨率并不是一个负面词汇。文学、平面动漫等低分辨率媒介，给人留下了很多想象余地，观众拥有主动的思维去理解和发挥。而在 IMAX 排山倒海的技术面前，人只能被动接受信息的密集轰炸，被震晕之后就是感觉的麻木，思考和想象的空间没有了，“留白”没有了。在《阿凡达》之后，我们更需要捍卫中国的山水写意，唐诗宋词，还有像《三个和尚》这样的手工动画，一切低分辨率的文化产品。传统艺术是无可替代的，低分辨率和高分辨率应该互补共存。

有意思的是，《阿凡达》的次世代视觉包裹下的，却是一个老掉牙的故事。其主题源自 18 世纪卢梭说的“高贵的野蛮人”这一概念，属于浪漫主义的经典母题。卡梅隆故事虽然老套，但讲得非常流畅。他坚持老派的零度剪辑模式，看这片子时感觉回到了 90 年代，除了偶尔几个模仿主观镜头的随机摆镜外，基本每个镜头持续时间都在5秒左右或以上，但是又不会持续太长而显得营造感太强。结构上也相当古典，比如开头出现的奇异动物，在最后大决战中再度派上作用，这种首尾呼应的结构，有点像契诃夫所说的：第一幕墙上挂的枪，一定要在第三幕打响。现在这样剧情结构的完整统一，被众多好莱坞大导演们和他们的中国效仿者抛在脑后。

其实科幻片一直很喜欢怀旧。人类越是往前发展，就越喜欢向后看看、反思，获得某种平衡。上世纪80年代，中国走向世界的时候，就出现了寻根文学，重新发现古代中国，甚至是原始的中国，要回到原点。荣格从心理学角度说，人越是前行，就越需要退行，种族的智慧需要延续，所以人们需要和过去对话，比如通过做梦、通过文学和艺术，和过去沟通。《阿凡达》中正是用了荣格“集体无意识”这一原型，纳威人种族智慧的延续，超越了理性，充满神秘色彩，与其说是外星，还不如说是远古。人类难以停下向前飞奔的脚步，在发展中留下了太多的紧张、断裂和毁灭。为了消解扩张中的不平衡和焦虑感，人们需要精神上的神话，《阿凡达》及众多的科幻片正是提供了这样一种神话。杰克·萨利捍卫的远不止是纳威族外星MM，而是自己所属的人族的灵魂。

《黑客帝国》的过去、现在和未来

我清清楚楚地记得第一次看Matrix（黑客帝国）时候的巨大震惊，到今天我还经常会想起尼奥浑身插着管子，在黏乎乎的红色黏液中挣扎翻滚的镜头，而每当想起这样的镜头，我就恶心，头晕，要吐。那是一个比艾略特的荒原还要荒凉死寂的世界，以一种比诗歌还要清晰的方式，赤裸裸地出现在我们眼前。

最令人吃惊的其实并不是这个废墟，也不是这个废墟空前的视觉效果，最可怕的是构造这个废墟的全部逻辑，合情合理，丝丝入扣，天衣无缝。Matrix讲述了一个最荒诞而超现实的故事，但这是我所看到的最能自圆其说的一个故事，完美无缺，没有漏洞。

我从来不相信神话，不相信奇迹，不相信巫术，不相信药丸会从密封的瓶子里跑出来，不相信嚼碎的名片可以复原，不相信意念可以使汤匙弯曲，不相信肉身可以抵抗子弹，不相信人可以不用翅膀在天上飞来飞去。可是，在看了Matrix以后，我相信了。这一切都是可能的，在Matrix里。不是吗？回过头来一想，我难道不是早就在FIFA系列里面率领中国足球队狂灌巴西队20比0？我难道没有在“银河飞将”里驾驶可以超过光速的飞船挽救过人类的命运？还有那个“上帝也疯狂”的游戏，我在里面不是亲手毁灭和制造过一个又一个文明吗？

故事的结论是：Matrix 极有可能是真实存在的。至于在什么程度上，以何种方式存在，那就仁者见仁，智者见智吧。比如说，当年袁世凯想当皇帝，举国哗然，杨度等拥立者为了安抚袁，在严密封锁舆情之余，竟然给他编造了一些报纸的“拥君版”，看得老袁龙心大悦。杨度他们在袁身边制造的这种“小气候”，不也是一种 Matrix 吗？

Matrix 作为一个概念，是 80 年代初美国科幻小说家威廉·吉布森在《神经浪游者》中提出来的。吉布森设想，在不远的未来，随着电脑网络和虚拟现实技术的发展，人们的欲望和幻想会以最真实的具象在赛伯空间（Cyberspace）凝结，构成另一个共同体。《神经浪游者》的主人公凯斯就是赛伯空间的高科技牛仔，他的灵魂在这个崭新的幻想空间偷鸡摸狗，如鱼得水，处于极乐状态。而他的躯壳所在的那个旧世界，则陈腐乏味，死气沉沉。凯斯极度轻蔑地把自己的身体称之为“肉”，就是行尸走肉的那个肉。

吉布森真正走红是在 90 年代，大家一觉醒来，突然发现吉布森预言的那个世界正在我们身边一天天长大，卓然成形。

一个个大大小小的凯斯正在茁壮成长，他们也正在把自己的感情、欲望和灵魂交出来，一点一点地往网络里转移。从技术上讲，虚拟现实的发展确实有可能在将来的某一天把电脑屏幕植入我们的大脑，与我们的视觉神经合二为一，让我们分不清虚幻和现实。技术悲观主义者把这一天设想为世界的末日。其实他们根本不用悲观，或者说悲观也没有用。也许将来的这一天早就已经到来了，谁知道呢？我们怎么知道这一天还没有来呢？我们怎么知道自己不是在 Matrix 中呢？

我们的老前辈庄子早就提出了对 Matrix 的猜想。我们是在梦里吗？或者是梦里的梦里？是我梦见了蝴蝶，还是蝴蝶梦见了我？如果有人手上拿着两粒药丸，让我选择吃红药丸或是蓝药丸，吃了红药丸会变成蝴蝶飞上天，吃了蓝药丸还是醒来做人，我会选择吃哪一粒？我想，我，还有许许多多的人，恐怕是忍不住会选择尝尝做蝴蝶的诱惑的。真实是一个不折不扣的怪物，我们谁都渴望真实，可这是一种叶公好龙式的渴望，当真实降临之际，我们恐惧，厌恶，避之唯恐不及。前面讲到的袁世凯，终于从 Matrix 中醒来，发现真实的情况是自己已经遗臭万年了，他老人家经受不住这个真实的打击，一下子就一命呜呼了。

不要那么轻易地嘲笑袁世凯，差不多的难题也困扰过我们伟大的鲁迅。“假如一间铁屋子，是绝无窗户而万难破毁的，里面有许多熟睡的人们，不久都要闷死了，然而是从昏睡入死灭，并不感到就死的悲哀。现在你大嚷起来，惊起了较为清醒的几个人，使这不幸的少数者来受无可挽救的临终的苦楚，你倒以为对得起他们么？”（《呐喊》自序）鲁迅笔下的铁屋子当然也是 Matrix 的一个版本。

在 Matrix 的第二集中，这个铁屋子难题被推到了一个更加令人难堪的地步。设计师告诉尼奥，连那个“真实的”人类反抗基地 Zion 也不过是机器设计的一个程序，是用不完美来弥补完美，因为最初设计的完美的 Matrix 是一个灾难。对铁屋子的逃离变成了一个更大的疑问。当然这也就更像鲁迅了：

“于天上看见深渊。于一切眼中看见无所有。”

《星球大战》的神话因缘

1949年，一个叫约瑟夫·坎贝尔的学者写了一本叫作《千面英雄》的书，透露了一个关于我们人类的巨大秘密：人类所有的文化现象背后都深藏着神秘的神话内核，而世上的宗教和神话都有共同的叙事模式，普天之下所有的故事都是同一个故事，这个故事的名字叫“英雄的冒险”：一开始的时候，英雄（这时也许还是个凡夫俗子）在家里（日常世界中）发呆，然后使命就开始来召唤他了，于是出发上路，进入神秘迷人凶险可怕的异常世界，结识朋友，遭遇敌人，经受考验，获得知识，奥秘和超能力，最后功德圆满，载誉归来。

如果你觉得这故事听上去好像不是很有趣的话，恭喜你，看来你是注定了要和某种伟大的使命失之交臂了。戏法人人会变，各有巧妙不同，真正能够运用之妙，存乎一心的又能有几个呢？多年以后，一个电影学院的学生读到了《千面英雄》，如遭雷击，如获天启。他读了一遍又一遍，最后搞出了个《星球大战》，把自己也炼成了人类文化的英雄。不用说，这位因阅读《千面英雄》而洞悉世界密码的英雄就是乔治·卢卡斯。在他发家以后，不忘师恩，把坎贝尔常常挂在嘴边，称他为“我的尤达”，两人成了忘年的好朋友。

《星球大战》就是一个英雄冒险的神话，一个关于命运、使命、成长、诱惑、考验的神话。它很神奇，神奇到“很久很久以前，在一个很远很远的星系”，但它也是最平常的，平常得好像是我们每一个人的故事。难道我们不都是像是行天者卢克那样，曾经离家远行，学习成长，得贵人相助，遭小人暗算，历经各种磨难，也或多或少有过不同程度的成功？人生的普遍遭遇加神话的深度、神奇和久远，这就是《星球大战》的魅力所在。

也正因为《星球大战》强烈的神话意识，使卢卡斯在一开始就注重从全人类的宗教、哲学、神话、传说中吸取养料。比如说“力”（Force）这个概念，让星战迷们津津乐道，争论不休，有无数的理论推测。其实这玩意儿，用我们中国人的眼光，一下子就可以看穿。“力”是个什么东西？不就是我们老祖宗的“气”嘛。万物以气聚而有形，形生于气，气生于道。它就是道和形之间，精神和物质之间，形而上和形而下之间的某种中间物，所谓“形而中”者是也。中国人从来看不起以拳头大小定输赢的蛮力，练武者讲究“外炼筋骨皮，内炼一口气”，要“以气驭剑”，甚至达到“化气为剑”的至高境界，充分表明我们的这个“气”可内可外，可化生，可载物，可以将力与道融于一体的无比灵活性。难怪我们也常常把力称为力道，上海人似乎更喜欢这么说，不过我们现在所说的力道当中到底还有多少道的成分，就不得而知了。

这样说来，“力”好像还是翻译成“气”更符合星战的东方哲学意味，或者翻成“道力”怎么样？在第二个三部曲中，有一段克诺比教卢克使用光剑的经典场景。卢克在光球的袭击下措手不及，疲于奔命。这时候克诺比拿出一顶盔帽扣到卢克的脑袋上，把小伙子变成了瞎子，然后鼓励他不要用自己的眼睛和鼻子，而是把自己交给“气”，听从“气”的指引，结果卢克终于准确地挡开了光球的进攻，在炼“气”的道路上大大向前迈进了一步。这个克诺比说起话来简直就像个精研道家经典的大气功师。道家认为，五色令人目盲，五音令人耳聋，要视之不见，听之不闻，顺其自然，才是人间正道。不过呢，如果我们真要把道家精神贯彻到底的话，恐怕是绝对不应该去看星战的。卢卡斯之所以成功，难道不正是把这些该死的令人目盲耳聋的声光像发挥到极致的缘故吗？

除了道家外，星战中还有瑜伽、印度教、萨满教、诺斯替教等多种元素，使某些基督教的正统人士大为不满，认为它的异教色彩太过强烈。其实星战中最多的恐怕还是基督教的象征和原型。比如，阿纳金的出生，不就是“处女受孕”的一个异星版本么？两代天行者身上都有“救世主”的影子，他们都是“被选者”，天降大任，经历各种考验、诱惑、磨难，最终度人也度己于彼岸。

卢卡斯说，“我在电影中提出‘气’这个概念，希望的是唤醒年轻人身上的灵性。”在一个越来越物质化、机器化、市场化的世界上，卢卡斯打出的旗号是“新希望”，他使出浑身解数，想用古老的神话想象来滋润日渐干涸的现代人心灵。他成功了吗？我们所知道的是：他的电影确实变成了一个由好莱坞明星、高科技，和全球化的市场合力打造的新时代的神话。这个神话能不能拯救我们的灵魂，就只有天知道了。

另一种穿越

“从前——故事都这么开头——有一个孩子，他失去了妈妈。”

《失物之书》的第一句话打动了我。因为我曾经就是那样一个孩子，我们都会在某一天成为那个孩子。所以我深深地理解十二岁的戴维为挽回妈妈的生命所做的那些奇奇怪怪的努力：起床的时候，他总会让左脚先落地；刷牙的时候，他总是数到二十；浴室里的龙头和门上的把手，他总是接触双数。他相信，只要他坚持这么干，妈妈就会活下来。

但是妈妈还是被癌症夺走了生命。从小到大，我们会失落很多东西，可是有比失去妈妈更大的痛苦吗？没有。不要说孩子小，不懂什么是悲伤。我们懂，比大人更懂，因为我们更敏感，更需要。

没有一个孩子会真的相信妈妈的离去。戴维想尽办法要抓住妈妈留下的一切痕迹。其中最重要的，就是妈妈留下的书，那些他们一起阅读，一起分享的世界。戴维沉浸其中，不能自拔，越陷越深。

让戴维更加痛苦的是他的父亲又有了新的女人，名叫罗斯，他们很快就结婚了，还让戴维很快就有了一个小弟弟。继母的疏异，庶嫡的争端，这是人类的故事吧，我们的戴维也不能免俗吧。他感到双重的抛弃，感到嫉妒，感到孤寂。这一切都发生在二战德军猛烈轰炸下的伦敦，一个恐惧、短缺而阴冷的年代。

这个开头，看上去像是关于孩子、家庭、战争与成长的现实主义小说，带着淡淡的忧伤和青涩的滋味，文笔相当不坏。照这个路子走下去，无疑可以吸引一批读者，或怀旧，或唏嘘，或沉迷。

但是从这里开始，故事要走上另一条路了，一条非常可怕的道路。作为逃避和解脱，戴维沉浸在他的故事之间，与那些书的关系越来越密切。那些书籍仿佛获得了自己的生命，朝他发出各种各样的声音，向他发出难以抗拒的召唤。

终于有一天，现实与书本的藩篱冒出了一个裂缝，戴维看到妈妈的身影，听到她求救的哀鸣，他不顾一切地追随这个声音，穿过裂缝，进入了一个非常奇异、非常黑暗的另类世界。这世界有半人半狼肆虐，矮人不堪白雪公主的欺凌，变态女猎人肢解各种动物和人的肢体进行重新组合的试验，更有名为“扭曲人”的终极大BOSS操控人类的阴谋。弱小无助的戴维能够战胜自己的恐惧和动摇，面对这个阴森狂暴的世界，最终找到回家的路吗？

穿越，这是现今中国多么响亮的核心词汇！从黄易的《寻秦记》开始，中国人终于找到了把自己现实中的梦想投射到一个另类空间的办法。到今天热火朝天的起点网去看看，起码有一半的网络小说在那里穿越。所有这些中国穿越小说的主人公，有点像这个戴维，在今天的现实中卑小无力，人微言轻，可是突然一道闪光，他们就被传送到另一个时空，开启改变历史的旅程。

但是这里面有差别。中国式的穿越小说，小人物一旦回到过去，小宇宙多半可以爆发。要么统一秦时的天下，要么从金元手中拯救可怜的宋朝，要么在甲午海战中把日本舰队打个落花流水。小人物本身呢？披蟒戴玉，封王列土自不用说，更不能少的是香衣鬓影，粉黛环绕，那叫一个爽！

再看看这个戴维，所有这些南柯一梦式的荣华富贵与他完全无缘，他所要做的只是在这个险恶的世界中很不容易地活下去，寻找自己的妈妈，也寻找回家的路。但是在这条艰难的路上，他会知道一些事情，学到一些东西，认识一些人，更重要的是，他会开始真正地了解自己，面对自己。

这就是传说中的成长。《失物之书》是一部真正意义上的青春小说，成长小说，教育小说。相形之下，我们的穿越小说表面上大起大伏，挖坑无数，骨子里却是静态的，人物从一开始就是完成时，缺血少肉，没有发展。即使是金庸这样的大师，他笔下那些出门远行的少年，翻越千山万水，尝尽人间冷暖，到最后提升的是力，圆满的是功，他们的内心，又何尝有一丝一毫的改变？

1949 年，一个叫约瑟夫·坎贝尔的学者写了一本叫作《千面英雄》的书，透露了一个关于我们人类的巨大秘密：人类所有的文化现象背后都深藏着神秘的神话内核，而世上的宗教和神话都有共同的叙事模式，普天之下所有的故事都是同一个故事，这个故事的名字叫“英雄的冒险”：一开始的时候，英雄（这时还是个凡夫俗子或三尺童儿）在家里（日常世界中）发呆，然后使命就开始来召唤他了，于是出发上路，进入神秘迷人凶险可怕的异常世界，结识朋友，遭遇敌人，经受考验，获得知识，奥秘和超能力，最后功德圆满，载誉归来。

这故事听上去有点老套乏味，但是戏法人人会变，各有巧妙不同，真正能够运用之妙，存乎一心的又能有几个呢？看上去，《失物之书》的结构与《千面英雄》中的英雄冒险模式几乎如出一辙，丝丝入扣。作者康诺利自己也承认，他的这部作品中融汇了大量经典的童话元素，像《小红帽》、《汉赛尔与格莱特》、《白雪公主》、《睡美人》和《灰姑娘》等等。但是经过作者的改造，这些温馨可爱的童话或荒诞滑稽，或面目狰狞，令人胆寒。

我们得知，美丽的小红帽看不上她身边所有的猥琐男，毅然孤身一人，深入森林，去追寻她的心中的狼图腾。她看中的那匹狼，屡次想摆脱她（这样的女孩，连狼都避之唯恐不及啊），未果。他们生下了双足行走、半人半狼的怪物，具有狼的残忍和人的卑劣狡诈，施虐森林，横行天下。这样的故事，是否比汤潮那软绵绵的“当狼爱上羊”，更契合我们的时代，更加直指人心？

还有白雪公主，“一位他所见过的最高大最肥硕的女士。她的脸蛋上覆盖着一层厚厚的白粉，头发是黑的，用艳色的棉发带束在脑后，嘴唇涂成了紫色。”这个白雪公主，同巴塞尔姆笔下那个倚窗独立，忧郁地想着自己的淋病的白雪公主有得一拼。但是不要忘了，《失物之书》是一本通俗的畅销小说，而巴塞尔姆的《白雪公主》，则通常被认为是所谓的纯文学。与巴塞尔姆笔下争风吃醋、谈论垃圾的七个小矮人相比，康诺利的小矮人充满强烈的阶级意识和反抗精神，他们不堪忍受白雪公主的压迫和欺凌，企图毒死这位有产阶级的超级肥婆。尽管他们杀气腾腾，面目狰狞，戴维还是忍不住喜欢上这些呆头呆脑、童真未泯的小矮人。他们无休止的争吵和搞笑的言论还很容易让中国的读者想到《笑傲江湖》中的桃谷六仙。没错，现在我们该明白了，格林兄弟的原版《白雪公主》，是这些中外矮人的真正祖先。

这是大话西游式的无厘头，馒头式的恶搞，还是后现代的戏拟？你觉得受不了了吗？想回到那纯洁无瑕的原作吗？恐怕已经不那么容易了，而事情的“原貌”也远比你想象的要复杂得多。在《睡美人》1636 年最早的版本中，被灌下毒药的睡美人在毫无知觉中被王子强奸了，她继续在睡梦中生下一对双胞胎，可怜小宝宝吃不到奶，就拼命地吮妈妈的手指头，吮啊吮啊吮出了毒液，妈妈终于醒来，却被无耻的王子（还不知道她已经觉醒）再次强奸。怎么样，你会更喜欢这个真正“古典”的版本吗？

现在我们终于可以谈谈“失落”这个词的真正含义了。戴维失落的不仅仅是他的妈妈，更是他的童真。他走进的与其说是他的虚妄的幻想，还不如说是一个真正的现实。与他一起掉落进奇异世界的德军轰炸机强烈地暗示了这一点。这是一个充满血腥、欺凌和虐杀的世界。这本书不是给胆小的人准备的，但未必“儿童不宜”。我们，他们，总有一天需要面对这一切。也许，早作准备，可以避免事到临头措手不及。

但“失落”绝不是堕落。《失物之书》也绝不是游戏人生，解构价值的后现代迷宫。在很大程度上，道德已经成为通俗文学坚守的遗产，这一点在本书中也表露无遗。戴维，这个敏感孤独的男孩，面对压倒性的暴力，无边的黑暗，潮水般的恐惧，难以抵挡的诱惑，他犯了过错，走了弯路，连累了他者，但是守住了底线，也守住了人性，最终得以直面自我，也直面恶的挑战，找到了回家之路。全书的大结局无比震撼，感人至深。

康诺利说，他这本书写的是孩子的恐惧、无助、忧伤和成长，他写着写着，就把自己的童年写进去了。那时候，他如饥似渴地阅读着各种童话和传说，这些故事帮助他度过了那些困难的阶段，到如今已经成为他的一部分，与他密不可分。

在《论文学》(中文版很恶搞地译成《文学死了吗？》)一书中，希利斯·米勒把文学称之为“魔法”。一部文学作品就是一个能开启新世界的咒语。当戴维房间里的书向他窃窃私语之时，也就是文学的魔法开始向他绽放光芒的时刻。文学是虚幻的，可是这种虚幻，具有真实力量。《失物之书》，就是对这一力量的信念。

虚拟的枪和真实的血

这几年上网冲浪，从这个 BBS 窜到那个聊天室，结识了不少网友。大家的兴趣固然千差万别，可是无论在哪里，有一个话题是永远热门，怎么也聊不完的，那就是关于打仗的事情。比如，我常去一个天文论坛，按理说该是风清月朗之地吧，可是某日一个网友不知怎的谈到兵器，好家伙一下子成为热帖。我大吃一惊地发现那里的朋友们说起 M1A1 主战坦克、F/A-18“超级大黄蜂”、AIM-120 导弹、CBU-107 子母炸弹这些杀人利器来简直是如数家珍。至于多如牛毛的军事论坛，那就更不用提了。像鼎鼎大名的舰船知识论坛，真正是高手如云，上帖子的速度常常是以秒钟来计算的。接触下来，我难免有这样的印象，那就是军事知识，尤其是同高科技相关的当代军事知识，正在以惊人的速度普及，尤其是年轻的一代人中间。这些热衷军事和兵器知识的年轻朋友，多半又是电脑战争游戏的忠实玩家。至于到底是先迷军事还是先迷战争游戏，军事热和游戏热之间到底是个什么样的关系，这恐怕又是个先有鸡还是先有蛋的问题了。

童话作家爱罗先珂在北京的时候曾经很认真地对鲁迅说，他害怕将来会不会有人发明一种方法，只要怎么一来，就能使人们都成为打仗的机器的。对此，鲁迅的回答是：这方法早已经发明了，“我们只要看外国为儿童而作的书籍、玩具，常常以指教武器为大宗，就知道这正是制造打仗机器的设备，制造是必须从天真烂漫的孩子们入手的。”[《准风月谈·新秋杂识（一）》]鲁迅假如一直活到今天，恐怕会更加坚定那样的看法。只消随便到哪个网吧里兜上一圈，在那些通宵奋战CS、《三角洲勇士》和《彩虹战士》的孩子们背后稍微站立片刻，谁都会对爱罗先珂的忧虑有更加惊心动魄的次世代的感受。

海湾的战争阴云刚刚开始聚集，全世界的电脑战争游戏销量就节节攀升，在排行前五名的游戏中，只有位列第四的《模拟人生》和战争关系不大。在所有这些战争游戏中，有一个应该引起我们特别的注意。其他战争游戏鼓励孩子们用各种最先进或最原始的方式进行杀戮，一个重要的推力是资本家为了填满自己的腰包。而这一个号称史上最精确最逼真的军事模拟游戏，开发费用高达八百万美元，多名西点军校的专家和有过实战经验的军士参与研制，却是对玩家免费奉送，分文不取。不仅如此，该游戏还开设了内容极为详尽的网站，提供咨询和升级，其“售后”服务可谓尽善尽美。难怪从 2002 年 6 月出炉以来，该游戏已经赢得了 130 万的正式注册玩家的 800 万小时的联网游戏记录。

这个游戏叫作《美国军队》，它的开发商是美国政府。开发和免费赠送的目的？官方网页上写得很清楚：这是军队力图和平民进行“沟通”的一种“策略”（part of the Army's communications strategy），本游戏精确模拟美国步兵从训练到实战的各个环节，再现各种作战的技术和战地的感受，让普通人真实地体会一下做一个美国大兵到底是一个什么味道。游戏的设计者一定是对这样的“味道”有十足的信心，所以到后面就露骨地声称这个游戏就是一种募兵的工具。

时代真是在进步啊。在花木兰的年代，皇帝要打仗，无需公关，发个帖子就行了，“昨夜见军帖，可汗大点兵。军书十二卷，卷卷有爷名”。到了近现代，我们对“抓壮丁”这样的模式也很熟悉，也不用多费口舌，不用太多的温良恭俭让。现如今，不同了，要 communication 了，要好玩，要游戏，要用最新的 unreal 引擎，还要图像抓人，声效刺激，用虚拟的方式来培养军民之间的认同和参与。不会再有逼迫和勉强了，一切都将在快乐的玩耍中安全地进行。与其他商业性的战争游戏软件有所不同，《美国军队》虽然教的是杀人，画面却精美而干净，并不刻意渲染那种血腥的行为，更不鼓励滥杀无辜，它注重的是技术、协调和配合。因此它赢得了一个“T”的定级，可以向十三岁以上的人发售。

《美国军队》人人都可以下载，可是却有一个像模像样的声明：严格禁止向与美国对立的国家输出，包括古巴、朝鲜、利比亚、海地等等。这条禁令在网络时代当然像个笑话。敌人在磨枪，凭什么我们就不能磨枪？就在前不久，以色列的生死对头黎巴嫩真主党推出了他们自己的战争模拟游戏《特别行动队》，可以看成是征兵工具《美国军队》的阿拉伯版本，开发用的竟然也是unreal引擎。在游戏中，玩家要扮演巴勒斯坦战士，同以色列占领者展开殊死斗争。当然这就无所谓限制级别了，它向所有阿拉伯人开放，很快就卖了十万份。真主党网络部的发言人阿吉说，这个游戏不是为了替真主党作广告，而是要让游戏者了解黎巴嫩南部的真正的历史，鼓励人们起来同占领者作斗争。另一个热门的阿拉伯游戏叫《灰烬下》，讲述一个叫阿哈马德的巴勒斯坦少年的成长历程，一开始他只会向以色列士兵扔石头，到后来已经变成了一个暗杀和爆破的专家了。但是，在这个游戏中，自杀性的爆炸和枪杀平民是绝对不允许的。比较一下同期美国EA的超级畅销大作《命令与征服：将军》，在那里玩家可以选择恐怖组织《全球官兵》，很多任务的完成则必须以滥杀无辜为前提。

作为征兵手段的《美国军队》和《特别行动队》，是否可以看成是福柯意义上的规训活动在新世纪的最新变种呢？早期的电脑游戏一律是固定得死死的有限客观视角，比如 80 年代任天堂红白机上极为流行的《魂斗罗》、《双截龙》之类，我们在屏幕上操纵一个我们看得见的小人走来走去，手持各种武器同坏蛋和怪物们浴血奋战。这是非常奇怪的一种情形，说是客观视角，其实又包含了主观的成分，在传统的文学写作中很难看到。那个“我”既是我，又不是我，既是主体，又是客体。从 90 年代初开始，电脑游戏中的视角变得越来越多样化。1991 年 ID 公司推出的《暗杀希特勒》(即《毁灭战士》和《雷神之锥》的前身）是最早使用第一人称的视角的游戏之一。屏幕上那个可笑的小人消失了，我再也看不见“我”了，我所看到的与我应该看到的完全合二为一。这里面似乎消除了那种人格分裂的超现实主义的感觉，带来了一种极大的真实感。《刺杀希特勒》是一个巨大的成功，并掀起了一股仿作的热潮。从此这种第一人称的形式在电脑游戏中占据了重要的地位。在模拟类游戏中，游戏者眼前的景象与驾驶员的主观视角也是重合的。这里特别要提到的是《Su27 侧卫战斗机》、《欧洲先进战斗机》和《傲气雄鹰》这类飞行模拟游戏中，它们模拟的对象由于本身也是主要借助电脑和键盘来进行操作，所以二者的视角融合达到了一种可怕的地步。弗雷德里克·詹姆森早就说过，视角的问题决不仅仅是一个艺术形式的问题，视角的本质就是一种意识形态。你用谁的眼睛来看，你站在哪一方，你也就拥有了什么样的意识形态。想想看，游戏者用电脑模拟杀人的过程，而在以电脑为主体的高科技战争中，真的杀人者则是用电脑来进行真实的杀人的活动。虚拟的杀人活动与真实的杀人活动在操作上和视觉上有着越来越多令人不寒而栗的相似之处，如果这种视界的融合是未来的趋势的话，我们有足够的理由必须对此保持高度的警惕。

毫无疑问，电脑游戏正在变成最好玩的媒体和最有效的广告。也许更令人胆战心惊的是它正在变成最有趣的历史教科书。今天的孩子们，从《三国志》一到九代中学到的三国“历史”，恐怕比任何教科书上都要多得多。早在 90 年代，我十来岁的小侄儿和他的同学们就分不清袁世凯和蒋介石的区别，却对织田信长、武田信玄、明智光秀这些古怪的名字谈得头头是道，一讲起来就眉飞色舞，因为他们都是日本光荣公司《太阁立志传》和《信长的野望》之类SLG游戏的忠实玩家。且慢呼唤一个历史知识快乐大普及年代的到来。任何一个玩过《命令与征服：将军》的中国玩家，都会对如此这般的“历史”有更加另类的体验。这个和倒萨战争同期发售的游戏，固然是让玩家们提前享受了用美国坦克包围巴格达的乐趣，可是里面的中国一方简直让人哭笑不得。士兵们说英语倒也罢了，可是有着浓重的俄国口音，作战单位中竟有红卫兵，信息塔中播放着毛主席在开国大典中的讲话，建筑上写着日文，打起仗来再给你配上京剧音乐……这是一个什么样的噩梦啊。

游戏在战争化，战争在游戏化，战争和游戏的融合在这次的伊拉克战争中可以说是达到了一个空前的程度。美国大兵不但带去了战斧巡航导弹和B1隐形轰炸机，还带上了笔记本电脑，里面装着《重返德军总部》和《魔兽争霸Ⅲ》这样的战争游戏，一有空就在帐篷里架起局域网搞联网对战。他们会不会产生这样的幻觉：帐篷外面无尽的沙漠，其实也不过是屏幕上网络游戏的延伸？至少在视觉上，这两者之间的差异正在变得越来越模糊。我们都知道美国人把通缉的伊拉克要犯做成了扑克牌发给士兵，以便他们辨认。这种把捉拿行动当成游戏的做法可不是头一回，美国人早就在那么干了。1989 年 12 月美国出兵巴拿马，诺列加逃进梵蒂冈大使馆。美国大兵在大使馆对面的公园里架设起一排高音喇叭，不停地播放摇滚乐，其中一首叫作《无处可逃》。值勤的美国士兵说，这是专为诺列加准备的，因为他是有名的歌剧迷，但是极为讨厌摇滚乐，尤其是美国的摇滚乐。最后，诺列加崩溃了，梵蒂冈把他交了出去。

从前，有一回在同东京大学尾崎文昭教授谈天的时候，我说起美国人对诺列加搞的这个精神轰炸，那时候我是把这事当一个有趣的笑料讲的，多少也有点欣赏美国人的机智和创造力的意思。可是尾崎先生听了以后，却一点也笑不起来，他很认真地对我说，比起直接冲进去杀人来，这种“玩笑”也是很残酷的，很不人道的。

今天，再回想起尾崎先生的话，我越来越理解他所说的意思了。

男人的游戏

什么是男人的游戏？在我刚开始玩游戏的时候，所有的游戏都是男人的游戏。唔，我这里说的游戏是电脑游戏，这两者好像正在趋向成为可以相互替换的同义词。随着女玩家队伍的不断壮大，游戏不再是男人的专利，却也让这样的问题浮出了水面：什么是最男性化的游戏？

Quake！我好像已经听到一片响亮的呼喊。以 Quake 为代表的 FPS（第一人称射击游戏）可以说是电脑游戏最暴力的形式，一言以蔽之，杀人放火，开枪格斗。其发展趋势是越做越血腥，越做越逼真。从二维到三维，从平面到立体，从粗糙的漫画人物到近似真人的表演，满足人最野蛮的兽欲——虽然往往打的是正义和解救人类的旗号。我还清晰地记得 1992 年我第一次玩到这类游戏的老祖宗 Wolf3d 时的情景，在一个寒冬的深夜，我和室友身披军大衣，守在刚买的电脑前，进入了二战中的德军秘密基地，我们要杀出八层包围，彻底地揭露希特勒的最黑暗的秘密研究计划。一个个的暗道被发现，一群群的纳粹在我们的枪口下丧生。经过浴血奋战，在凌晨四点钟左右，我们进入了一个极为空旷的大厅，光线变得格外朦胧而昏暗，低沉的不谐和音在暗示着一些可怕的情境。突然，一个巨大的白色身影朝我们扑来，室友惊得一声狂叫，身子不自觉地朝后躲闪，而我则歇斯底里地狂按 Ctrl 键，拼命地倾泻着重机枪的子弹。在当年的 Wolf3d 中我们总算还是正义的一方，有着相当充分的杀人的理由。到了 Wolf3d 的后继者 Doom，再到后来的 Quake，我们已经越来越不知道我们为什么而战。给我一个杀人的理由先？杀人需要理由吗？不需要吗？需要吗？不需要吗……Stop！到头来，我们总是莫名其妙地置身于一个充满杀机的情境，挺着一杆大枪，不分青红皂白地朝四周胡乱扫射，见祖杀祖，见佛灭佛。在 FPS 中，暴力已经和一种永恒的男性喷射欲合二为一，成为男性霸权的弗洛伊德式的重大罪证。

不，说 Quake 是最男性的游戏，无疑是给男性一记最响亮的耳光，足以让女权主义者们乐得哈哈大笑。

有没有既不那么血腥暴力，又能充分体现雄性的激情的游戏呢？我们常常说足球是男人的游戏，可是现实中的甲 A 真是男人的游戏吗？如果足球真是男人的游戏的话，当我们被挡在世界杯决赛的大门之外的时候，是不是就意味着我们就不算男人了？谢天谢地，天无绝人之路，我们好像还有做男人的最后一招：FIFA！没有国家队，没有足协，我们一样可以雄起，可以出线，可以杀入世界杯决赛，可以把巴西队踢个 15 比 0。（如果搞点花头，比分还可以更夸张，不过那样就太不男人了是不是？）

真的很男人吗？这里面好像有什么东西不大对头。体育本身是一种游戏，我们可以说体育把人类的暴力冲突软化、无害化、抽象化，并限制和“圈定”在体育场内，从中得到宣泄和快乐。体育也是一种战争，但它是安全而讲规则的虚拟的战争，在体育的战场上射击的是空包弹。再来看电脑体育游戏，又是把本来已经虚拟化了的体育再度虚拟化成数码影像的游戏。比起竞技场上的体育来说，用键盘、鼠标和屏幕进行的体育活动更加安全，决不会流血，不会有足球暴徒的骚乱，甚至不会流汗。电脑体育游戏花费很少，不需要场地，不用出门，不受身体条件的限制。每一个“运动员”不需要训练就可以成为迈克·乔丹和球王贝利，哪怕你天生缺根胳膊少条腿也不会有什么问题。在 FIFA2001 中，当我率领我的中国国家队参加世界杯决赛，一路斩关夺将，把德国队、巴西队、意大利队这些梦幻球队一个个挑于马下，最终勇夺世界杯的时候，心中的成就感真是无与伦比。但同时涌上心头的还有无与伦比的荒谬感和可笑感。当我把欧文轻而易举地踢了一个穿裆的时候，我忍不住要哈哈大笑，同时真切地感到，玩电脑游戏，也就是在进行后现代的写作和阅读。

除了足球以外，据说汽车也能使男人变得更男人。啊，汽车！可怜我们这些工薪族，通往男人的道路怎么这么长这么难呀。又是电脑游戏来拯救我们了。不要紧张地在出租车里死死盯着计程器肉痛了，回到屋里去开你的《极品飞车 5》吧。在这个惊人的游戏里你可以挑选从 1948356 敞篷汽车到最新的 996PorscheTurbo，这些汽车的价格，如果用阿拉伯数字写出来，长得就像你家里的电话号码。驾着这些名公巨匠的宝马香车在欧洲各大都市里呼啸而过，不用担心被“拍拍垃圾”族追死。爽吧？对不起，如果你玩的是《极品飞车》系列，你还是不够男人，因为这个游戏里的驾驶技术已经被设计者大大简化，上手起来非常容易，适合各类男女老少，离开专业的驾驶乐趣则远矣。老手们更垂青像 Nascar2000、GrandprixIII、Leadfoot 那样的高拟真度赛车游戏。在这些赛车游戏中，你必须对齿轮比率、燃料箱、轮胎、刹车、转向灵敏度、悬挂系统、传动装置等进行细微的调节，这里需要最专业的知识和技能。驾驶也不再是用自动挡狂踩油门撒头猛拐就能拿第一的了，因为与其他赛车和赛道边缘墙壁的碰撞会导致你的车子失去控制，而且从这种失衡的状态中恢复也相当困难。你必须学习各种高级的驾驶技巧，学习高速转V型和S型的大弯，学习侧滑（甩尾）的技术，掌握良好的节奏感，把刹车和加速的时机控制得分毫不差，以成为舒马赫那样的超级车手。

飙车的确是很酷，很速，很男人的了，可是在模拟飞行迷的眼里，那只能算是在地上爬行的货色。想想看吧，让你在一辆汽车和一架飞机之间选择，你会选哪样呢？你尝试过驾驶一架弹仓里贮满了战术核导弹的B1远程轰炸机满世界晃悠的滋味吗？我在《傲气雄鹰》里尝试过，那感觉就好像是“大地在颤抖，仿佛天空在燃烧”。在所有的军事飞行模拟中，Microprose出品的《捍卫雄鹰4.0》是拟真度最高的怪兽级游戏。光是那近六百页的操作手册就足以把任何一只菜鸟吓出一身冷汗。整个游戏需要用到一百多个按键指令，已经超出了常规的PC键盘，以至于有公司专门设计生产了“捍卫雄鹰键盘”，来减轻游戏者的学习难度。有一个女游戏家告诉我，没有一个姑娘愿意去玩需要用上超过四只键的游戏。难道需要死记硬背很多复杂指令的游戏就是男性游戏？那么《捍卫雄鹰4.0》就是名副其实的超级男性游戏。你必须学会使用最先进的电子反制系统，将会知道Aim-8和Aim-120导弹的性能差异，要学会垂直回转、水平回转、尾滑、保加乔夫眼镜蛇、友友盘旋等等各种空中战术动作，要在狂风大浪中准确地降落在颠簸摇摆的航空母舰的甲板上。真的很男性吧？高速中央处理器和3D显卡的飞速发展为飞行游戏拟真度的提高开辟了极为诱人的前景，《捍卫雄鹰4.0》已经可以与真正用来训练飞行员的军用飞行模拟程式媲美。那么是不是越来越超级的男人将在这些越来越超级的拟真游戏中出现呢？这里预先告诉那些渴望成为超级男子汉的人们一个非常不幸的消息：很可能不会再有比《捍卫雄鹰4.0》更拟真的游戏了，因为拟真度越高的飞行游戏，在商业上也就越失败！人心不古，世风日下，好汉难觅，劣币逐良币的定理，在游戏领域也再一次呈现出放之四海而皆准的强大力量。

模拟杀人、模拟足球、模拟开车、模拟飞行，我们从低级的男子汉一路上去，越走越远，越飞越高，这男子汉之路还有没有个完？这里我可以负责任地告诉你：有！男子汉的最高境界是做上帝（好像上帝看上去是个男的?），那么最男性的游戏也就是所谓的“上帝游戏”（Godgame）。而当今红遍天下的策略游戏（Strategygame）都可以看成是某种意义上的“上帝游戏”：你建设（宇宙、星球、国家、城市、岛屿、农场、蚂蚁窝、地狱），搞综合平衡（资源、金钱、人际关系、人员和物资的调配、战争与和平的节奏——治大国如烹小鲜），满足（同时也消耗和刺激?）人的权力欲和统治欲。在数不清的“三国”类的策略游戏中，你可以选择做刘备，也可以选择做曹操、孙权、袁绍、孔融，等等。试想如果你今天做自己，明天做自己的敌人，后天……这当然是一种精神分裂，人格谵妄。虚拟的电子空间是一个真正后现代的舞台，无政府主义猖獗的场所。在这个空间中，传统意义上的忠贞、正义、真理、成规等等统统受到解构。历史被颠过来、倒过去地进行无穷次的改写。所有的界限都变得动荡和模糊不清。我们唯一看到的是欲望的汹涌澎湃，对无限的可能性的渴望，无止境的选择，跨历史的狂欢。以往拥挤在各种传统艺术形式的有限空间中受到阻扼的欲望，如今仿佛从所罗门的瓶子里全部释放出来一般，一股脑儿冲进了虚拟的电子游戏空间。这种渴望，一言以蔽之，就是游戏者们要做上帝。

人们想做上帝的欲望大概与人类自身一样久远，但是，也只有到了今天，历史才为这无数上帝的诞生创造了条件。上帝是无限的，人是有限的。人之为人，就在于他只能在刘备、曹操、孙权……中选择做其中的一个。如果他能够一个个地做过来，那么应该就是上帝了。在大多数电脑游戏中，你，游戏的主角，是以救世主的面目出现：地球遭到入侵，99.9% 的人遇难，你，是我们唯一的希望。

在无数战略、模拟和策略类的游戏中，你可以扮演一个个的“准上帝”，历史上的贤君或者暴君：恺撒、拿破仑、成吉思汗、丰臣秀吉、蒋介石……你南征北战，运筹帷幄，横征暴敛，杀人如麻。当我看着周围的人如痴如醉地玩着《文明》、《太阁立志传》、《红色警戒》、《黑与白》这样目的在于一统天下的游戏时，每每有惊心动魄的感觉，忍不住要想起那个唱了多少年的老调子：皇帝轮流坐，明年到我家。看来，专制、暴政、权力的意愿在每一个人心理上的积淀是怎样估计都不为夸大的。也许上帝永远也消灭不了，它只能被分割、打散和替代。

这是一种渴望，也是一种焦虑，我们在男性游戏的心路历程上转了一大圈，最后又转回了一开始就提到的弗洛伊德所谓的“生存本能”，同时也就又回到了电脑游戏的最原初、最经典、最通俗、最永恒、最男性的形式：动作游戏。在所有像早期的《小蜜蜂》、《太空入侵者》这样打通关的射击游戏中，面对不断冲过来要把你干掉的敌机、怪物、异形，最关键的一点就是要活下去，如果不能活到底，至少也要活出尽可能长的时间。这是不是也象征了一种典型的男性的焦虑？（考虑到动作游戏的消费者主要是男性，而射击本身在弗洛伊德心理学中又具有明显的性意味。）反过来说，男性的焦虑又在这样的场合可以被视为“生存本能”的强烈体现。

但奇妙的是，男性的焦虑和对死亡的恐惧，又是维持玩家把游戏玩下去的主要动力和他们乐趣的源泉。如果精通电脑技术，可以修改游戏程序，把自己的子弹和生命加到无限（让自己变成上帝？），有一些公司和超级玩家也开发了便于玩家作弊的程序。但是，在通常情况下大多数玩家是对此不屑一顾的。在射击游戏中，如果通过对电脑做手脚的办法使自己处于永远不死的状态的话，一切马上就索然无味了，游戏变得毫无意义。这是一种单方面的破坏游戏规则。但更重要的是，这样做的结果暗示了人的某些非常根本的问题。哈姆雷特说：活着，还是不活，这是个问题。当然要活下去，但是不能苟活（用欺骗的方式），更不能永远活着。死亡是可怕的，但永生比死亡还要糟糕；就如同没有真理是不幸的，但是如果有人声称他掌握了世界上唯一的真正的真理，那就更悲惨了。

从这个角度来看弗洛伊德强调的另一个本能——死亡本能——就更能体会到他的深刻含义了。生存和死亡，创造和破坏，轻松和焦虑，它们注定了要成双成对地出现。对死亡的焦虑和恐惧是非常重要的，它们是意义的源泉，如果缺少了它们，生活将毫无乐趣可言。如果萨特生活在电脑游戏的时代，也许会为他的存在主义加上一个重要的注脚。

永远的毁灭战士

一

同许多娶妻生子的人一样，我已经很久不玩电脑游戏了，好像某一首歌里所唱的，告别了刀光剑影，远离了鼓角铮鸣，走出了幻想空间。但是我和当年的一些战友一直在密切关注着几只上个世纪老游戏续集的开发状况。比如，Origin 公司的《创世纪 10》、《银河飞将 6》，Lucasart 公司的《威探闯通关 2》。对我们来说，这几个游戏是某种永恒的时空隧道，一旦出现，就能够立马把我们带回青年时代。

可惜现实是严酷的，游戏业同其他行当实在没有什么两样，靡不有始，鲜克有终。就在上个月，Origin 关门了，《威探闯通关 2》的开发宣告终止。

且慢！我们还有最后一个希望。前几天，我在波士顿地铁站拿起一份免费的地铁报，地铁开到中央广场的时候，我的心跳突然加快，因为报上分明写着 Doom 3 已于 8 月 3 日发行，为此美国最大的电子零售商 Best Buy 破天荒在午夜 12 点钟开门迎客。

啊，Doom 3！这年头，如果有谁没有听说过，期待过

Doom 3 的话，那一定是中文系的老教授了。《波士顿环球报》从 8 月 7 号到 9 号连着发了三天关于 Doom 3 的报道。《纽约时报》和《芝加哥先驱论坛报》从 8 月 5 号到 11 号也各自都有三篇报道和评论。8 月 9 号的《时代周刊》声称 Doom 改变了文化，改造了世界，影响了人类。随着全美电子游戏业的营业额连续两年超过好莱坞，当年小孩儿的把戏早已登堂入室，傲视群“艺”了。这个巨大的成功，与 Doom 的面世和发展是密不可分的。

作为一个老玩家，看游戏业花落花开，一方面高歌猛进，广夺地盘，岁入大增，另一方面则是经典不再，精英云散，心情是很复杂的。就好像是老战士看到自己长期支持的事业终于成功，但却变了颜色，与运动初始的精神渐行渐远。那么，这个硕果仅存的 Doom 3，它保留了多少当年的本色，又与时俱进了多少？

二

Doom 的前身是 Wolfenstein 3D，中文名《刺杀希特勒》，我最初接触它是在 1992 年 5 月。那一段时间我搬进了同学巫志南的宿舍，因为他的电脑比我的好，虽然也是286，但有彩显和硬盘，玩起游戏来感觉完全不一样。《刺杀希特勒》是电工系的研究生黄骁虎极力向我推荐的。一开始我并不觉得它有什么了不得，当时我迷的是那些有“深度”和“艺术性”的游戏，要有华丽精美的画面，引人入胜的故事，像《银河飞将》和《国王密史》之类。相比较而言，《刺杀希特勒》的故事就非常小儿科了：主人公BJ是二战后期的盟军王牌间谍，他潜入德军基地霍勒海姆城堡，为的是获得一份高度机密的所谓艾森福斯特行动计划。在纳粹魔鬼博士夏布斯的主持下，德国正在秘密培养一支超能力的军队。有传言说，这支军队是用尸体做出来的。BJ出师不利，身陷囹圄，他能否杀出重围，摧毁敌人的疯狂试验，整个反法西斯同盟国的命运就在此一举。想想看吧，1992年的我好歹也是中文系的在读博士，怎能被这等弱智的故事所欺骗？

但事实上我一边心里想着：好蠢啊好蠢啊，一边还是被蒙住了，或者说被一种不可思议的魔力裹挟而去。霍勒海姆城堡是一个巨大的迷宫，共有十层楼，等我找到第一层楼的出口的时候，我已经走不出去这个游戏啦。作为3D游戏的鼻祖，《刺杀希特勒》的图像是粗糙的。BJ（也就是你，也就是我）大部分时间里面对的是一堵堵的没完没了的墙壁，这些墙壁也就远看了还像堵墙，走近了简直就是大方格子。不，这一块不是大方格子，是元首全副戎装，挥手指路的画像。这片墙上的污迹又是什么？那红红的一滩是血迹么？是的，血，大量的血，无所不在的血。屋顶上倒挂着尸体，地上堆着枯骨，枯骨上还拴着铁链。突然，门打开了，一条狼狗嗥叫着向你扑来，刚刚把它料理完，背后又飞过来纳粹士兵的子弹。怎么样，慢慢地有点感觉了吧？

《刺杀希特勒》的一个重大突破是采用了第一人称视角，从此开创了当今电子游戏第一大门派 FPS（Fisrt Person Shooter，第一人称射击游戏）的先河。早期的电子游戏基本上都是有限的客观视角，比如 80 年代任天堂红白机上极为流行的《魂斗罗》、《双截龙》之类，我们在屏幕上操纵一个我们看得见的小人走来走去，手持各种武器同坏蛋和怪物们浴血奋战。从 90 年代初开始，电脑游戏中的视角变得越来越多样化。到了《刺杀希特勒》，屏幕上那个可笑的小人消失了，我再也看不见“我”了，我所看到的与我应该看到的完全合二为一。这个视角的变换所带来的真实感和参与感是无与伦比的。我的室友巫志南，是一个极有事业心的人，做任何事情都兢兢业业，玩《刺杀希特勒》的时候，也毫不例外，真个是沉迷其中，不能自拔。每当敌人的子弹飞过来的时候，他除了狂按键盘外，还要把身子拼命左右躲闪，在椅子上扭个不停。有一次我在边上观战，那一回他打得不太好，老是射不中敌人，急得满头大汗，我则在一旁不断地埋怨指责。突然，老巫把键盘一摔，愤怒地朝我吼道：你行，就你打得好！然后猛然离开座位，头也不回地开门走了。老巫是我们这一届学生中公认的大好人，脾气好得不得了，从来都是笑呵呵的，为了一个游戏差点和我翻脸，真是做梦也想不到。这都要怪《刺杀希特勒》的主观视角，也许在那刹那间，像《大话西游》里的唐僧般唠唠叨叨的我和蜂拥而上的党卫军在老巫的视觉上合二为一了。

要说简单，《刺杀希特勒》真是够简单的，五个按键就够了：前，后，左，右，开枪。在这之前，某些精英游戏已经走上了烦琐操作的不归之路，比如当时最杰出的飞行模拟游戏《捍卫雄鹰 3》需要几十个按键和上百页的指导手册，实在令人望而生畏。是《刺杀希特勒》把电子游戏又拉回了大众化通俗化的老路。在我们这个时代，简单就是魅力，就是方向，就是未来。但简单绝不是拆烂污。那些德国士兵嘴巴里说出来的可都是正宗德语，比如，临死前他们会说 Mutti（妈妈呀），而元首呢，他的最后一句话是“Eva，auf wiedersehen”（再见了，爱娃）。对细节如此这般的雕琢，究竟可以算是游戏的现实主义呢，还是超现实主义？

《刺杀希特勒》也是最早全面支持声霸卡的游戏之一。一开始我被里面的一段音乐迷住了。这段音乐节奏鲜明，格调高亢，朗朗上口，让人听了就忍不住想哼哼。它反复出现，犹如瓦格纳歌剧中的主导动机一般。有一次我回南通探亲，把电脑背回家向我父亲演示，顺便向他夸耀这音乐如何如何好听。父亲听了哈哈大笑，说这有什么好，就是个简单的进行曲嘛，没有意思。十三年以后，我读了大卫·库什纳写的《Doom 大师》，才知道这段音乐叫作“旗正飘扬”，是当年的纳粹党党歌。看来，我对音乐的鉴别能力，比起我父亲还是差得太远。在第十关的某个地方，我突然听到了一个非常熟悉的曲调，一听到它，正在地狱里浴血苦战的我立刻精神大振，士气倍增，仿佛看到了胜利的曙光。那正是美国民歌“扬基道道”的主题变奏。原来的歌词是：

我爹和我上军营，

古丁上尉一同行，
好多好多的士兵，
密密麻麻像布丁。

“扬基道道”都来了，盟军还会远吗？果然，几分钟之后，我终于走出了恶梦般的城堡。通关后的我，第一件事就是回到游戏主菜单，在游戏编制人员的那一栏里，我记住了两个主要设计师的名字：约翰·卡麦克和约翰·罗梅罗。

三

约翰·卡麦克和约翰·罗梅罗，这两个在当今游戏界如同神一样的名字，在《刺杀希特勒》问世之前，可以说是默默无闻。两个人按照美国的标准来说，都算得上是苦孩子，家庭不幸，父母离异。他们还有一个共同点：都是电脑和游戏的狂热爱好者，少年编程高手。卡麦克在十四岁那年，因为偷苹果电脑在少年教养所呆了一年。后来他去上堪萨斯大学的电脑专业，刚读了两个学期就读不下去了——不是他跟不上学校，而是学校跟不上他。卡麦克觉得大学老师只会照本宣科，毫无创造性可言，在大学里根本学不到他真正想要的东西。这怎么听上去很像某个人啊——不，我说的不是比尔·盖茨。一开始，他从一些软件公司那里接点零活，收入低得可怜。1990 年，19 岁的卡麦克加入了路易斯安那州的 Softdisk 公司，在那里他遇到了 23 岁的罗梅罗。

这两个人的性格截然不同。卡麦克消瘦苍白，沉默寡言，定力惊人，是个不折不扣的工作狂，长期靠可乐和披萨饼为生，像个隐居洞穴的巫师。罗梅罗长发飘洒，热情奔放，多才多艺，一副十足的摇滚歌星派头。卡麦克最精于 3D 图像引擎的开发，他总是能把现有图像技术的可能性推到极致，在这方面已经到了出神入化、独步天下的境地。罗梅罗则创意叠出，擅长游戏的总体策划和设计。用库什纳的话来说，“卡麦克创造了调色板，罗梅罗用它来绘制未来。”他们两个的相遇，擦出了巨大的火花。1991 年，卡麦克和罗梅罗离开了 Softdisk，和几个志同道合的朋友一起成立了 id 软件公司。卡麦克从一开始就给公司订下了目标：编制这个世界上最引人入胜的电脑游戏。

怎样才能彻底地抓住玩家呢？唯一的办法是要让他们忘掉自我。如何才能让他们忘掉自我呢？最好的办法是给他们设计一个新的自我。他们不认同那个新的自我怎么办？消除他们和那个新的自我之间的界线。怎么个消除法？让新旧两个自我的眼睛重合，让他们的视线重合，让他们看到一样的世界，一样的敌人，让他们体会同样的刺激，同样的期待，同样的恐惧。就这样，《刺杀希特勒》出笼了，FPS 诞生了，新的自我认同出现了，一扇通往另一个世界的大门打开了。这个新世界的名字叫：虚拟现实，或曰，拟真世界。由于技术上的缘故，这扇门在 1991 年只能算是开了一条缝，门那边的景物简单粗陋，似是而非，看不真切。但即使是模模糊糊的一瞥，也足以让人眼热心跳，产生许多莫名的向往。这种突破现实的欲望和冲动，恐怕和人类的历史一样古老久远吧。庄生梦蝶是不是虚拟现实？太虚幻境和大观园是不是虚拟现实？说到底，文学，艺术，宗教，意识形态，它们难道不都是某种意义上的虚拟现实吗？所有这些大大小小的虚拟现实之间的差别，就是承载它们的不同媒介之间的差别。今天，数码技术的发展，正在摧毁那些传统媒介的局限，把我们带向一个前所未有的，超大规模的太虚幻境。对此，我们作好准备了吗？

对于《刺杀希特勒》的玩家来说，他们作好的唯一准备是迎接续集的到来。卡麦克对迅速产生的大量的id追随者表示,《刺杀希特勒》只不过是一道开胃的小菜，真正的大餐还在后头呐，它的名字叫：Doom。

四

1994年的某一天，我接到骁虎从实验室打来的电话，他劈头就说，Doom搞到了。那还不赶快带过来安装？不行，骁虎说，这个我们期待了一年的游戏是用386保护方式编程的，最起码也要用386的机器才能运行，而且至少需要四兆的内存。没什么好说的，我那一兆内存的286就这么被Doom给废了。第二天，我从一个JS那里抱回来一台Cyrix 486，后来才知道被骗得很惨。这台号称486的机器，使用的不是真正的486芯片，其实连386-DX的速度都达不到！这是我无数电脑升级中的第一次，也是最失败的一次，但不管怎么样，Doom总算是能玩了。如果像老黑格尔所说的那样，恶是推动历史的杠杆的话，游戏就是推动电脑产业高速发展的最大动力。类似的情形也发生在70年代的美国，那时候，黄色录像是推动家用录像机热销的真正动力。

Doom 的故事比起《刺杀希特勒》来更加荒诞。这回的主人公是一个常驻火星的陆战队士兵，军方正在火星的卫星上进行着一个秘密的超时空旅行的研究计划，不幸的是试验出了差错，地狱之门被打开了，各种各样牛头马面的怪物穿越邪恶的时空通道，一波波地袭来，要把你吃掉，或者变成它们的同类。卡麦克对游戏的故事框架从来是要求不高的。他有一句广受指责的名言：“游戏里的情节，同 A 片中的情节的作用是一样的，大家都希望有那么一点，有多少就不重要了。”我本人一向是传统故事情节的坚定爱好者，对 Doom 系列的弱智故事一直深为惋惜。但是想到那么多的先锋派小说、后现代文学也同样蔑视故事情节，想着想着也就想开了，也许大家都在殊途同归吧。

《刺杀希特勒》好歹还披着一层反法西斯的外套，在 Doom 里你简直就不知道到底为何而战，在蜂拥而至的怪物面前，正义与道德是缺席的，思考和判断是毫无意义的，你所能做的就是恐惧颤栗，不断地躲闪游走奔跑，闯关破门，一面疯狂地喷射子弹或高能射线，发泄那最野蛮的冲动。当高科技被用来激发原始的欲望，当数码技术与人的本能合二为一，Doom 代表了后现代写作的最新趋向吗？当你一切狂乱的努力都最终化为一个简单的“活下去”的念头，Doom是否又可以看作是余华或张艺谋《活着》的火星数码版本呢？

Doom可能是有史以来最成功的电脑游戏，据说连《刺杀希特勒》在内一共卖了1500万份。Doom发售后的几天内，卡麦克和id公司的其他成员全伙儿变成了百万富翁。从Doom开始，每完成一部游戏，卡麦克就要购买一部法拉利跑车，迄今他已经拥有五部，其中一部还被他捐出来作为Quake网络大赛的奖品。Doom的出现使大量校园网络瘫痪，学生成绩下降。有个学校甚至设计了一个自动删除Doom的程序。许多大公司把Doom视为洪水猛兽，英特尔就明令禁止员工碰它。颇具反讽味道的是，Doom巨大的商业成功，恰恰与id公司一贯非商业化的营销模式有关。到Doom为止，id公司一直采用一种非主流的，近乎地下的销售方式。这个商业模式的精髓就一个字：送。你要玩吗？拿去吧，欢迎下载，拷贝请便。问题是，这个免费赠送的版本只能玩最初的三个关卡，你想接着玩下去吗？拿钱来。这招够狠的，据说不少毒品供应贩也很擅长提供这种“免费”的午餐。

但是，除了假免费外，id公司还提供真正的免费大餐。卡麦克不顾公司其他成员的反对，一贯坚持共享软件的精神，向全社会开放游戏的源代码。这可是比尔·盖茨死也不肯干的事情，也是我最佩服卡麦克的地方。从少年时代起，卡麦克就信仰著名的“黑客伦理”，这是作家斯蒂芬·莱维提出来的，其精神核心是：共享、开放、非中心化。卡麦克坚信，一个人可以拥有某个软件，但是他没有权利垄断这个软件。任何软件面世了，就应该是开放的，所有的人都有权利来修改和发展它，只有这样，整个软件业才能够健康发展。卡麦克是这么说的，也是这么做的，在成为主流游戏业大腕后多年，他身上依然散发着浓厚的黑客精神。

开放自己开发多年的游戏软件的源代码，其结果是极为惊人的，因为这就意味着其他人可以任意地修改游戏中的图像、音乐、音效、武器、关卡……。所有的一切，甚至能够完全创造出一个崭新的游戏。Doom 一问世，网上立刻充斥着成千上万的 Doom 变体（mod），对很多人来说，修改 Doom 比玩 Doom 还要好玩得多，于是就八仙过海，各显神通。有的玩家把 Doom 的地图改成早期游戏《吃豆子》里的迷宫，有人把怪兽改成比尔·盖茨头像，还有人把全部场景改成星球大战的世界。有些学生干脆把 Doom 改成自己学校的建筑，手持机枪，一路烧杀掳掠，好不过瘾。到了 1995 年，甚至连美国海军陆战队都参与到这个 Doom 修改的狂潮中来了，他们把 Doom 改成了模拟军事训练的软件，里面是标准的作战场景，武器也换成了常规作战武器。

当然也有利用卡麦克的共享主义精神狠捞一票的。一个公司收集了网友制作的 900 个 Doom 变体，制成一张光盘，赚了上百万美元，在游戏的销售榜上居然一度超过 Doom 2。这个消息在 id 公司引起了恐慌，但是卡麦克毫不为之所动。拷贝吧，抄袭吧，仿作吧，那些都只会最终成为 id 公司的无形广告。他自己制作的下一个游戏引擎，永远是别人要奔跑着追赶的对象。在巨大的慷慨背后，是同样巨大的自信。

五

id 公司的作品中，我全部玩通关的也就是《刺杀希特勒》、《命运之矛》(前者的资料片)、Doom 1、2。在它们之后的 Quake 系列，我只是浅尝辄止，从来没有一个玩到底。Quake 1 刚问世，罗梅罗就离开了 id，这是 Doom 迷最惋惜的一件事。看来成双成对出现的天才，能够善始善终的毕竟不多。Quake 系列越来越网络化，情节变得越来越不重要，很不对我胃口。2000年id宣布开发Doom 3，一开始也没有引起我太大的注意。但是随着一年年过去，老是神龙见首不见尾，这就有些不寻常了，玩家们的期待值被越吊越高。四年磨一剑，这在急功近利的游戏业是不多见的。你可以不喜欢没有了罗梅罗的id公司，却无论如何不能不佩服卡麦克依然故我的极端敬业精神。另一方面，我最喜爱的那些八九十年代的老牌游戏公司，像Dynamix，Bulfrog，Sierra，Origin等，一个个在破产收购的狂潮中烟消云散，着实令人惆怅不已。转眼一看，id差不多已是能够引起我回忆的名字中硕果仅存的一个了。卡麦克能够拼命苦撑下来，实属不易。这么一想，对Doom 3也就格外关注了。

网上早就流传着能够运行Doom 3的电脑的理想配置方案，有一种说法是，卡麦克之所以迟迟不推出Doom 3，是为了等待电脑的运行速度能够赶得上他的要求。和许许多多的游戏玩家一样，我的最后一次电脑升级，完全是为Doom 3准备的，其硬件规格实属疯狂，除了玩Doom 3外，没有太多其他的意义，如果拿来和当年运行《刺杀希特勒》的电脑比，起码要快上一千倍。幸运的是，我刚刚升级完，Doom 3就来到了。

就图像而言，Doom 3 比起最早的 Doom 来，岂止是翻天覆地的变化！一般的说法是，它已经快要接近好莱坞电影的水平了。故事性呢？在这方面 Doom 3 几乎完全是 Doom 的翻版。失望吗？不，前作的故事虽然被重新讲述了一遍，讲述的方式却大不一样。大量的细节被加入进来，使得原本是极度荒诞的故事居然获得了前所未有的真实感。

比如，Doom 一上来就没头没脑地大开杀戒，Doom 3 却是从你的飞船登陆火星开始讲起。初来到火星基地的时候，你被指定站在一个红框内接受安全扫描，然后通道被开启。你走到接待台前，领到一只自己的 PDA（个人数码助理），在以后的游戏进程中，你需要随时使用这个 PDA，它不断报告周边的形势状况，传达上级的指令，显示你的个人信息。然后去见长官，接到任务后有一个机器人会领着你去仓库装备物品，再到厂区，士兵帮你打开武器柜，还要到压力仓补充氧气，这样才能走到火星外面，进入到另外一幢监控室。到了这个监控室，你才发现事情开始变得不大对头了。就这样，游戏一点一点地给你交代环境和背景，慢慢把你拖入到那个火星基地的气氛中去。这里的节奏处理得相当不错。Doom 3 的故事是专门聘请了专业的科幻作家来撰写的，一向轻视故事作用的卡麦克能够花这个本钱，也算是不容易了。

火星基地空间巨大，构造繁复。这里所有的建筑、机器、设备都充满了令人惊叹的细节。马达在轰鸣，吊车在不停地搬运，锅炉喷吐着蒸汽，连电视机里播放的新闻都做得煞有介事的，看了能够了解不少2115年的时事政治。怪物当然还是当年的牛头马面们，但这一回据说每一个都要用50万个多面体构成，贴图非常细腻，几达照片效果。当怪物冲到身边的时候，你甚至能清晰地看到那一根根因为愤怒而勃张的青筋。营造气氛一向是id的长项，这一方面Doom 3又达到了新高。这要归功于它使用的动态光影技术。大量的光影都不是事先画好的，而是3D引擎实时演算出来的，这当然对电脑提出了极高的要求。这些光影可不光是为了好看加上去的，那里面还隐藏着不知道多少恐怖呢，当然你也可以利用它们把自己藏起来。

在最早的Doom中，玩家印象最深的就是潮水般涌来的怪物。在Doom 3中，怪物并不以量取胜，它们出现的方式却是匪夷所思，足以让你心胆俱裂。从门背后突然闪出来已经是最不恐怖的方式了。它们会从墙上爬过来，从天花板上钻出来，会把地上的排水沟盖子拱飞，突然跳出来。在某个地方，我好不容易逃过一波攻击，刚想把身子靠在墙上喘口气，突然墙上凭空破了一个洞，一只手从里面伸将出来！这到底是游戏呢，还是恐怖电影？毫无疑问，Doom 3 朝着电影化的视觉效果又朝前迈进了一大步。在这一点上我们的期待没有落空。

id 又把门打开了，这一回打开的不再是一条缝了，我们看得更清晰了，那些怪物更像是魔鬼了。我们体会到了前所未有的恐惧，因为我们想：这是地狱的门吗，下一回 id 会不会把这扇门开得更大啊？

在游戏中创造世界

我永远也忘不了小时候父亲带我去上海第一百货商店的情景。父亲给我买了一盒名为“建造玩具”的积木……确切地说是“积铁”，里面有大大小小打了眼的铁片，涂了好看的油漆；有亮闪闪镀了镍的铁条，可以当车轴和摇手；还有橡皮轮子，垫片，螺丝，螺帽，小起子，小扳手。记得我制造的第一个产品是起重机模型，当我摇动把手，用一根绳子真的把一个小东西从桌子边上吊起来的时候来，这差不多就是我一生中最有成就感的时刻。每一个孩子心中，也都会有一个类似的建设和创造的梦想吧。

多少年过去，玩具商店中早已经没有了积铁的痕迹。某一天，我在网上看到一张起重机图，那种简洁而熟悉的造型让我有一种久违的亲切。当我对那图有了更深入的了解后，封存的记忆在瞬间激活。这是一个叫 Algodoo 的免费的电脑物理模拟程序，可以在屏幕上搭建、拼装、制造各种装置，但是与当年的积铁相比，建造的自由度和复杂性不可同日而语。Algodoo 可以使用绘图工具创建和编辑场景；通过选择、拖拽、倾斜、震动等方式参与互动；显示物体运行轨迹、受力和速度：提供了刚体、流体、链条、齿轮、弹簧、铰链、锁、电机、激光射线、火箭助推工具及跟踪绘图工具等元素，这些元素可以在重力、摩擦力、弹力、浮力、空气阻力的作用下相互影响，实现精度很高的物理仿真实验。

Algodoo的前身叫Phun，是瑞典Umeå大学的研究生Emil Ernerfeldt为关于物理系统在多种条件下交互作用的硕士论文编写的程序。Phun是physics（物理）和fun（乐趣）的合写，2007年免费向公众推出后，立刻风靡世界。Phun的一个6分钟的介绍视频，在Youtube上点击超过300万次。到2008年末，全世界有30万台中小学的电脑上安装了这个程序。2009年Phun升级为Algodoo，这次的名字是algorithm（算法）和do（做）的合写，意为算法可以改变世界。

那么，Algodoo究竟有何神奇，我们又可以用它来做什么呢？还记得阿基米德那句话吗：给我一个杠杆，我可以撬起地球。那么，也同样可以说：给我一个Algodoo，我可以创造一个世界。近年来，物理类游戏非常走红，假如你没有玩过"蜡笔物理学"、"黏黏世界"、"机械迷城"、"麦克斯与魔法笔"这些利用物理原理来操作的游戏的话，至少也会知道"愤怒的小鸟"吧。是的，这个世界头号热门游戏在本质上也是一个物理游戏，它使用的是一个开源的物理引擎，名叫Box2D。所有这些物理游戏，你可以玩得不亦乐乎，但有一个遗憾，就是只能在开发者给定的世界中，用已经限定的规则来玩。但是在 Algodoo 中，一切皆有可能，只要你有足够的耐心和智慧，你可以打造一个全新的环境，也就是说，你可以制造自己的愤怒的小鸟。

在 Windows 中运行 Algodoo，首先你会看到一块空白的画板，在左下角有一些画图工具，你可以用来画出自己想要的各种图形，这个步骤与常用的绘画软件没有什么不同，但是接下去就是真正好玩的部分了。你可以用鼠标右键给画出来的部件规定各种物理属性，如密度、质量、弹性、摩擦力等。然后把它们以各种方式组合起来，用钉子、铰链、皮带都行。当然你也可以导入别人已经做好的一些部件，像引擎、树木、建筑等等。别忘了画个地面，不然做出来的东西就会直接掉出屏幕底部，如果你设定为地球的引力环境。如果你画个气球，里面注入氢气，它也会毫不犹豫地飞上天。

这一切都非常直观，鼠标点到哪个工具都会有帮助在浮动气泡里出现。如果你还需要进一步深造的话，网上有大量的教学视频。Algodoo 内置了网络分享区，你可以观摩别人的作品，分析他们的创意构思，欣赏他们的灵感和想象，还可以一起交流讨论。这正也是交友和学习的空间，与目前的网络社交化倾向不谋而合。我数了一下，到写这篇稿子的时间为止，总共可以下载 145412 个文件，可以按照时间、评论数、评分等标准进行检索，非常方便。这些网友的作品五花八门，千奇百怪，天上地下的东西应有尽有。从逼真的机器、武器、交通工具、生活场景，到影视故事、珍禽异兽、幻想世界。当然你也可以设计自己的游戏，像上面提到的“愤怒的小鸟”，用键盘来进行操控。

仅仅是好玩吗？不，Algodoo 更重要的功能是学习。它几乎可以模拟中学教科书中出现的一切物理现象。Algodoo 内置了学校期间各个年级的相关教学案例，按照运动、液体、气体、光学、热力学等分门别类，都配置了大量的示范讲解、例题练习和研究实验，让课本上的内容变得生动直观。

Algodoo 在中国还鲜为人知，但一些老师和学生已经开始在教学中尝试使用，并取得了很好的效果。太仓市浏家港中学周晓磊老师在讲授物理教科书中《透镜》一节时，用 Algodoo 制作与演示仿真实验，几乎可以随心所欲地展示各种透镜及其组合下折射和反射等各种光学现象，突破了传统实验器材限制的问题与传统 FLASH 课件制作难的问题。淮阴师范学院陈乐老师用 Algodoo 来展示我国著名的赵州桥的结构原理，熔力学、建筑、历史于一炉，整个设计过程能够深深吸引学生的互动参与，构思精妙，令人拍案叫绝。

Algodoo 还只是游戏与生活、教育、工作相融合的大潮中的一朵小小的浪花。美国政府开发了一个叫“美国军队”的游戏（ http://www.americasarmy.com ），官方网页上写得很清楚：这是军队力图和平民进行“沟通”的一种“策略”（part of the Army’s communications strategy），本游戏精确模拟美国步兵从训练到实战的各个环节，再现各种作战的技术和战地的感受，让普通人真实体验做美国兵的感觉。这个游戏就是一种招募和训练新兵的工具。

人们越来越认识到游戏不但是好玩的，也可以是严肃的，有用的，这就是功能游戏的概念。功能游戏为教育和科研开辟了全新的空间，人们可以在其中体验各种各样的情况，却不会带来现实的风险。比如在医疗方面，有一款游戏名叫 Pulse，要求医生在游戏中，对出现的紧急情况进行即时处理。人们可以通过游戏的方式来检测一个办法是否起作用，如果不行就换一个办法，既灵活又无需付出现实的代价，还可以充分享受发现与创造的乐趣。一些玩家用一个名叫 Foldit 的蛋白质折叠在线游戏，在三周内解决了某一种与艾滋病病毒属于同一家族的逆转录酶的结构问题，这个结构可是生物学家们多年来抓破脑袋也没能找出来的。

认知科学的最新研究表明，玩电子游戏会带来一些意料之外的好处，如提高人的注意力，增强短时图像记忆力、使人在不同任务之间的转换变得更自如，这些大脑的高效状态如果能与需要专注和想象力的严肃工作进行结合，就能更好地提高效率。

两千多年前，罗马诗人贺拉斯就提出了寓教于乐的思想。德国思想家席勒认为人的感性与理性一直存在着冲突，而游戏中的人既感性又理性，体现出理想中的人性。在今天，科技的进步为席勒所说的感性与理性相结合提供了前所未有的条件。学习不应该是被机械地灌输知识，而应该是智力与想象力的开发和培养，更应该是一种对世界的创造。未来的生活、教育、工作都会与游戏有更深度的融合。人类文明来自游戏，也将在一个更高的层次上复归游戏。

纳博科夫是一个游戏玩家

在文学遭遇市场和新媒体压力的今天，纳博科夫堪称异数，影响力蒸蒸日上，而且对于雅俗和学院内外的受众都有长久的吸引力。我最早接触的是他的《洛丽塔》，还是读研究生的时候，室友屠友祥向我介绍的。我们当时把它当禁书看。其实从通俗文学的角度来看，把《洛丽塔》当禁书来阅读是会失望的。我后来看了几遍，感受就不一样了，这是一部了不起的纯文学杰作，历久弥新，越读越有滋味。这就是纳博科夫吸引我们的地方，我们要超越作品的表象，一切都不是看上去的样子。

作为游戏玩家，我觉得跟纳博科夫有一种特别的契合。我喜欢玩游戏，于是发现纳博科夫也是一个游戏玩家。他喜欢抓蝴蝶，喜欢在作品当中跟读者玩游戏，就像是捉迷藏。他设置很多谜题，也留下很多线索，而这些又是故布迷阵，虚虚实实，犹如兵法。这样说来，纳博科夫的走红就顺理成章了，他的作品跟我们这个时代有一种奇妙的兼容性。这个兼容性，就是一种游戏性。游戏的特点是交互性、参与性、沉浸感，这些在纳博科夫的作品当中都可以找到。

他的作品特别像一种特定类型的游戏，就是冒险解谜游戏。这游戏里面有各种各样的标志、踪迹、物品，你需要不停地去翻找和察看，还需要选择不同的路径。就像《洛丽塔》，我每次重读都能够发现新的意义。他很多作品当中都有一个不可靠的叙事者，所以你千万不要相信《洛丽塔》中的亨伯特。很多人都会同情他，在他身上看到了一个中年人的悲哀，无助的欲望，无法摆脱的记忆。但这只是非常表面的东西。亨伯特毫无疑问是一个恶棍、骗子、罪犯，整本书就是他对自己的辩白，对自我的吹嘘和迷恋，当然也包含了真真假假的忏悔，所以我们要非常小心。有的人认为纳博科夫怎么写了这么一个伤风败俗的作品，美化这个罪犯，其实没有的，他只是用他的方式呈现。我们实际上是法官和陪审团，亨伯特在向我们呼告，但是我们千万不要被他的花言巧语迷惑，他是高智商、高情商，很可怕的罪犯。

纳博科夫高明的地方，在于不是一开始就把判决书给你：亨伯特是怎样的一个罪犯，他做了哪些坏事。不是这样简单的。这个结论要由我们做出来，我们是陪审团，我们是法官，我们能不能经受一场挑战，智力、道德和文化的挑战。我们甚至能够在他这一番陈词当中，发现我们自己的投影，这又会影响到我们对亨伯特的判决，所以这是一个非常复杂的过程。

相对来说，纳博科夫的短篇小说更容易上手一些。这些短篇小说既有他后来的作品的风格特点，又比那些长篇更加清晰好读，更富有诗意，里面的情感也更单纯。当然一说到单纯，我们也要非常小心，对于纳博科夫来说，很可能这是一个圈套。

纳博科夫的短篇小说中，我特别想向大家推荐的一篇名叫《符号与象征》。这大概是他最短的小说，也就是五六页，但是包含了很多纳博科夫式的谜团、线索和钥匙。小说讲一对流亡柏林的俄罗斯老夫妇，生活困顿，他们的儿子住在精神病院里。这一天他们要看儿子，老太太准备了10种果冻。到了精神病院，却被告知他儿子不能见他们，因为刚刚自杀未遂。作品写的当然就是人类的痛苦、绝望还有记忆，但却是以纳博科夫那种设谜和解谜的方式展开。

老夫妇对于精神病院非常绝望，他们就做出决定，要把儿子接回来。这时候响起了电话铃，一个女孩子的声音，问查理在吗。老太太说打错了。过一会儿又响了，还是问查理在吗，老太太说你还是打错了，你把O当成0了。这个电话铃是什么意思？又是一个谜。最后电话铃又响了，我看到这里汗毛都竖起来了。然后小说就结束了，这是一个非常开放的结局。

我这个游戏老玩家一看到这就明白这里面的游戏精神：玩家（读者）决定这个游戏的走向，每个走向可以有无数的解释。你可以说最可怕的解释就是精神病院打电话来说他们的儿子死了，因为第一次铃声响的时候，老太太就很害怕，小说没有直接说出来，到最后也没有说，这就是典型的纳博科夫式的手法。

我最佩服纳博科夫的，是在这小说中替儿子编造了一种精神病，叫联想狂，就是他能够在任何东西中看出跟他人生命运相关的意义。纳博科夫想出这种精神病来，把它作为那对老夫妇儿子发疯的原因，这真的太厉害了，因为今天我们每个人都可以说是联想狂。你只要到网上去看看，有很多的阴谋论，每个东西都被解释到死，什么东西背后都有一个因果关系。这已经成为一种思维和想象的方式，而纳博科夫用一个术语就把它涵盖了，而这又很自然变成那儿子的宿命。

这篇小说最厉害，也是最像游戏的地方，是里面弄出很多游戏元素，让我们来思考。比如说一开始草莓什么意思，铃声什么意思，路人涂的红指甲什么意思。当我们开始探索这些符号和象征背后的意义的时候，我们就变成了老太太的儿子，变成疯子了。我们本来是读者，当纳博科夫诱使我们寻找小说里每个东西的意义的时候，我们变成了联想狂。我们被拽到作品里面，变成里面的人物。文学世界和生活世界就这样被打通了，现实与非现实之间的那堵墙轰然倒塌。这是文学最了不起的时刻，也是纳博科夫最闪亮的地方。

图书在版编目(CIP)数据

瘾的世纪/严锋著.—上海:上海人民出版社,
2018
ISBN 978-7-208-15233-5

Ⅰ.①瘾… Ⅱ.①严… Ⅲ.①随笔-作品集-中国-
当代 Ⅳ.①I267.1

中国版本图书馆 CIP 数据核字(2018)第 126332 号

责任编辑 陈佳妮
封面设计 好谢翔
版式设计 陈 酌

瘾的世纪
严 锋 著

出　　版 上海人民出版社
(200001 上海福建中路 193 号)
发　　行 上海人民出版社发行中心
印　　刷 江阴金马印刷有限公司
开　　本 787×1092 1/32
印　　张 6
插　　页 5
字　　数 91,000
版　　次 2018 年 9 月第 1 版
印　　次 2018 年 9 月第 1 次印刷
ISBN 978-7-208-15233-5/I・1732
定　　价 38.00 元